虎王は鏡の国のオメガを渇望する

高峰あいす

幻冬舎ルチル文庫

CONTENTS ✦目次✦

虎王は鏡の国のオメガを渇望する

✦イラスト・鈴倉温

虎王は鏡の国のオメガを渇望する……3

いとしい巣ごもり……197

あとがき……223

✦カバーデザイン＝久保宏夏(omochi design)

✦ブックデザイン＝まるか工房

虎王は鏡の国のオメガを渇望する

――今日も成果なし……か。

スマートフォンに表示されているのは、オメガとアルファ専用のマッチングアプリだ。

ごく普通のオメガとして生まれた天霧《あまきり》優羽《ゆう》は、現在、調理専門学校に通いつつバイト漬けの日々を送っている。

一人暮らしをしているワンルームのアパートには、必要最低限の物しかないのでかなり殺風景だ。けれど彩りのない部屋で一つだけ、明るい色彩を放つものがある。それは優羽が幼い頃から心の拠《よ》りどころにしていた絵本だが、それも随分と色あせてきていた。

「運命の番《つがい》に拘《こだわ》るのって、やっぱり少数派なのかなあ」

無意識に愚痴めいた言葉が口をつくのも無理はない。今この世界で運命の番を探すことは、非常に難しいのだ。

第二の性に関する国際条約が定められて、半世紀近くが過ぎた。昔から第二の性は様々な問題の原因となっており、中でも最重要事項として『オメガのヒート問題』が挙げられる。

これを解決しなければ人類は野蛮なままだという結論に至った国連は、初めて全ての国が利害関係を無視して協働姿勢を取った。

結果として副作用のないヒート抑制薬が完成し、オメガは月に一度の服薬でベータと変わらない生活ができるようになったのである。

ただその弊害としてフェロモンが薄くなり、所謂《いわゆる》『運命の番』との出会いができなくなってしまった。とはいえ『運命の番』自体が奇跡的な出会いということもあり、オメガ性を持つ者は社会生活に支障を来さない抑制薬を歓迎した。

今ではアルファとオメガの出会いはお見合いが主流だ。優羽が使っているマッチングアプリは恋愛をして番を探したい少数の若者が、出会いの手段として利用している。けれどその中でも『運命の番』に拘るのはさらに少数派。

自己紹介の欄に『運命募集』と書くだけで、『重すぎる』と避けられてしまう有様だ。

――でもやっぱり、諦めきれないんだよなぁ。

先日呼ばれた、友人の結婚式を思い出す。

友人もオメガとして生まれ、高校卒業と同時にアルファとお見合いをして、トントン拍子にその相手と結婚を決めたのだ。

幸せそうな二人の姿を見て、正直なところ『運命の番』に拘らなくてもいいのではと気持ちは揺らいだ。運命の番でなくとも、幸せになれるのはわかっている。

こんな風に優羽が拘ってしまうのには、理由がある。幼い頃に読んだ絵本の内容がどうしても忘れられないのだ。

両親が不慮の事故で亡くなり親戚《しんせき》に引き取られるまでの間、優羽は施設で過ごした。当時は何が起こったのか理解ができず、一人孤独に過ごしていた優羽の居場所は、施設の図書室だった。

その時、何気なく手に取ったのが『運命の番』を題材にしたおとぎ話の絵本。

一人ぼっちのオメガが出会ったアルファは、実は運命の番だったという他愛のない物語だ。

自然と優羽はそのオメガに自分を重ね、いつか優しいアルファが自分を迎えに来てくれると思うようになった。

施設の職員は身の上に同情してくれたのか、本来は貸し出しすら許されない本をあえて「ぼろぼろで廃棄品になるから」と理由をつけて、優羽にくれたのだ。

半年ほど施設で過ごしてから、優羽は遠い親戚へと引き取られることが決まった。幸いなことにその親戚家族は優羽を温かく受け入れ、我が子と等しく愛情を注いで育ててくれた。

それは今でも、感謝している。

けれど心ない言葉をかける他人は少なくなかった。特にベータの家族がオメガである自分を引き取ったのは、助成金目当てではないかと酷い話をしたり顔でしてくる大人《おとな》もいた。

ほぼ他人の自分を受け入れてくれた親戚一家が中傷されることにいたたまれず、優羽は中学卒業を機に全寮制の高校へと入り、以後はあれこれと理由をつけて疎遠にしている。

抑制薬のお陰で社会的な制約がなくなったとはいえ、オメガであることには変わりない。

アルファからすれば貴重な子孫を産む番であり、オメガ性を持って生まれれば本人は勿論《もちろん》、家族も様々な社会保障や助成金、税金の軽減などが受けられるのだ。

けれど自分を引き取った親戚が、それらの利益目当てでなかったのは優羽自身がよくわかっていた。

だからこそ優羽は、心配して引き留める親戚を説得し、家を出たのである。

すると今度はまた別の問題が持ち上がった。保護者から離れた優羽に対して、アルファ達から求婚が殺到したのだ。

まだ未成年であるから学校を通してだが、毎日のように見合い話が持ち込まれれば『オメガなら誰でもいいのか』と半ば人間不信にもなりかけた。

そんな経験が『運命の番』への拘りに拍車をかけたのかもしれない。

高校を卒業してから資格を取るために調理専門学校へ進んだ現在は、マッチングアプリで運命の番を探す日々。

それなりに交際を申し込むメールは来るのだけれど、優羽が本気で運命の番を探していると知った途端、相手のアルファは苦笑いをして去っていく。

「あー、もう。絶対に運命の番を見つけるって決めたんだから。くじけるな！」

自分を鼓舞するように両手で頬《ほお》を叩《たた》く。と、手にしたスマホからアラーム音が響いた。

月に一度の抑制薬を飲む時刻だ。社会的な混乱を避けるため、発情しないようパートナーのいないオメガには無償で支給される。

唯一、この薬の効果が切れるのは番が決まり断薬をするか、もしくは運命の番と出会ったときだけだと聞いている。

優羽はアラームの設定を切るついでに、メールの確認をする。数日前に届いた先輩からのメールが目に留まり憂鬱《ゆううつ》な気持ちになった。

内容は、とてもシンプルなもの。

『知り合いのアルファと、食事をしてほしいんだ。優羽の写真見せたらえらく気に入ったみたいでさ。……お前がそういうの苦手だって知ってるけど、断れない相手なんだ。重要な取引先で――』

つまりは、お見合いの誘いだ。

成人したオメガが番を探す場合、結婚相談所に登録するか知り合いのツテで見つけることが殆《ほとん》どだ。なので『適齢期にお付き合いを前提にした出会い』というのは、暗黙の了解で番になることを意味する。

メールが届いた日は丁度友人の結婚式の帰りだったので、半ば自暴自棄になっていた優羽は食事に応じると返事をしてしまった。

けれど勢いで番になっても、後悔する気がする。

――市河《いちかわ》先輩には悪いけど、やっぱり断ろう。

メールで断りを入れても良かったのだが、高校時代に世話になったということもあるので一応最低限の礼儀として直接会って話をした方が良いだろう。

「食事は明日だから……今夜これから話ができないか、連絡してみよう」

メールを打つと、ほどなく市河から了解と書かれた返信が来る。指定された場所は、市河のオフィスだった。

優羽はスーツに着替えると、鏡の前に立つ。

「手土産《てみやげ》とか、買ってった方がいいかな……」

何気なく呟《つぶや》いたその時、視界が揺れる。酷い立ち眩《くら》みなのか、それとも地震なのかと思うほど足もとが揺れて思わず蹲《うずくま》る。

「っ……？」

頭の中を直接揺すられるような強い衝撃を感じた次の瞬間、優羽は意識を失った。

「あ……」

深い水の底から浮かび上がるみたいな感覚と共に、優羽は意識を取り戻した。

ゆっくりと目蓋《まぶた》を開けた優羽は、ほどなく違和感に気が付いた。

――ここ、どこだ？

寝かされていたのは、明らかに自分のベッドではなくどうやら高級ホテルの一室のようだ。まだ夢を見ているのかと考えるけれど、それにしては何もかもがリアルすぎる。

「なんだ、これ……」

着ていたはずのスーツではなく、何故か古めかしいネグリジェのような服にいつの間にか着替えていて、優羽は困惑する。

慌ててベッドから出て近くの窓から外を見ると、まるでヨーロッパのような石造りの屋根が見えた。

「……外国？」

何が何だかさっぱりわからず首を傾《かし》げて唖然《あぜん》としていると、背後で扉の開く音がして振り返る。

入ってきたのは、一人の男だった。痩せぎすで背が高く、歳《とし》は二十代後半くらいに見える。人のよさそうな笑みを浮かべているが、その出《い》で立ちはまるでアニメか漫画に出てくる魔法使いのようで、ついまじまじと見てしまう。

銀縁のモノクルに肩まで伸ばした黒髪、極めつけは真っ黒いローブ。どこからどう見てもコスプレだ。

だがその男は警戒する優羽を気にする様子もなく近づいてくると、ぺこりと頭を下げる。

「僕はシグルド・ベリー。宮廷魔術師の長官をしている。まあ堅苦しく構えず、シグルドと呼んでくれたまえ」

「きゅうていまじゅつし……？」

ますます怪しい肩書きをオウム返しに口にすると、シグルドはうーんと唸《うな》る。

「君の住んでいた世界には、魔術は存在しないのかな？　では説明しよう！　そもそも魔術の起源は、この世界が創られた時に空気中のエーテルが……」

「えっと……あの……ここはどこですか？」

喋《しゃべ》り続けるシグルドに、優羽はおずおずと尋ねた。

「ふむ……召喚されたばかりの君には、少々難しい内容だったね。魔術の成り立ちや、宮廷魔術師に関する説明は追い追いするとして。とりあえず、ベッドに戻ろう。召喚直後は目眩《めまい》を起こして倒れることがあるから、数日は安静が必要なんだ」

気遣うように手を引かれベッドに座るよう促された優羽だったが、大切なことを思い出してシグルドに詰め寄った。

「すみません。僕は何でこんなところにいるのかわからないんですけど……とにかく、これから先輩の元へ行かないといけないんです！　最寄りの駅かバス停を教えてください！」

すると優羽の肩をシグルドの手が宥《なだ》めるように押さえた。

「まあまあ、水でも飲んで落ち着いて。喉《のど》が渇いているだろう？」

指摘されると、急に喉が痛み出して優羽は軽く咳《せ》き込んだ。

サイドテーブルに用意されていた水差しからグラスに水を注ぎ、シグルドが勧めてくる。

なにやらキラキラ光っている水だが、優羽は深く考えずそれを一気に飲み干した。

――甘くて、さっぱりしてる。スポーツドリンクみたいだ。

喉もすっきりして一息つくと、シグルドが顔を覗《のぞ》き込んでくる。

「驚くのも無理はない。丁寧に説明すると長くなるから、とりあえず手短に済まそう」

先ほどのようによくわからないことを長々喋り出すのではと警戒する優羽に対して、シグルドがこほんと少しわざとらしく咳払《せきばら》いをする。

そして彼は信じられないことを、さらりと告げた。

「君はヴァロワ国の王の番となるべく、僕に召喚されたんだよ！　ますます驚いただろう！」

優羽は少し考えてから、なんとなく思っていたことを口にした。

「……もしかして、異世界に来たってことですか？」

「え、こっちの世界のことを君は知ってたの？　ということは、あっちの世界と異世界を行き来した経験があるということかい？」

「いえ、召喚なんて初めてです。っていうか、別の世界に飛ばされる小説や漫画を読んだことがあるだけで……あくまで架空の話としてですけど」

興味津々《しんしん》といった様子で、身を乗り出してくるシグルドに説明する。

──なんで僕、真面目《まじめ》に説明しちゃってるんだ？

初対面の上にいかにも怪しげな人物だが、何故か話しやすい雰囲気に流されてしまう。

「素晴らしい！　君の世界には、そういった未知の概念に触れる手段があるんだね！　魔術は存在しなくても、その現象を理解していたりするのかい？」

「詳しくはないですけど、知ってます」

シグルドは優羽の返答に興味津々といった様子で、子どものように目を輝かせている。

「いやー、君が理解の早い子で良かった。これなら彼も、思い悩むことはないだろう」

何やら呟きながら、シグルドが満足げに頷《うなず》く。そんな彼に、優羽は改めて先ほどと同じことを聞いてみた。

「じゃあ本当に、ここは異世界なんですね？」

それまで半信半疑だったが、夢にしてはシグルドとの会話は成立しすぎていると思うし、何よりこの空気感は確かに現実だ。

こうした反応には慣れているのか、シグルドはもう一度丁寧に異世界であると肯定してくれる。

「そうだよ。ここは君からしたら異世界で、ヴァロワ国の首都さ。君達ユエにとって生きやすい世界だから安心して」

「ユエ？」

「ああ、やっぱり呼び方は違うのか」

言葉は通じても表現が異なったりすることがままあるのだと、シグルドが説明しながら手にした書物を捲《めく》る。

「この中に、君が知っている言葉はあるかい？　これまで召喚したユエから集めた言葉なんだけど……」

差し出された本には、見たことのない文字が並んでいた。しかし不思議なことに、文字の発音はすんなりと入ってくる。

だが文字自体は読めても、意味がわからない単語ばかりだ。

ページを捲っていると、一つの単語が優羽の目に留まる。

「えっと、この『オメガ』っていうのならわかります。僕のいた世界では、数学の記号や第二の性を表す言葉です」

「よかった。ええとね、こちらの世界ではオメガはユエと呼ばれているんだ——」

ベータはエト、アルファはソレユ、と呼び方が変わるのだと説明され、優羽はただ頷く。

「第二の性はどの世界でも神聖な単語として認識されているから、それぞれで表し方が変わってくるのだろうと僕は考えているんだ。こちらでも、国が違うと表記が変わるからね」

「色々あるんですね。僕の世界では、多少発音が違っても第二の性の呼び方は各国共通でした」

「そうなのか！　実に興味深いな。また改めて君の話を聞かせてくれないか？」

「はい。構いませんけど……？」

食い気味に優羽の手を取るシグルドに困惑しつつ了承した優羽だが、ふと彼の異変に気が付く。

いつの間にかフードが脱げたシグルドの頭から、黒い兎の耳が生えていたのだ。

「み、み？」

「ああ、僕は兎族でね。これも追い追い、説明するよ」

「うさ……ぎ……って……」

情報量が多すぎて、頭がクラクラしてくる。問いかけようとしたけれど、急に目蓋が重くなり、優羽は目を開けていられなくなる。

体から力が抜けて、上半身がベッドに倒れそうになったその時、扉の開く音が聞こえた。

そして部屋に誰かが入ってくるなり、優羽を抱きかかえる。

――なんだろう、……すごく、いい香りする……。

上品な香水みたいな香りに包まれ、優羽は何故か安堵《あんど》した。

けれど突如すぐ側で響いた低い声に、身を竦《すく》ませる。

「……何故飲ませた」

明らかに怒っているその声は、自分を抱きかかえている人物から発せられたものだ。怖くて本能的に逃げ出したくなったけれど、睡魔のせいもあって体は全く動かない。

「混乱すると思ったから、沈静の魔術を溶いた水を用意したんだけど。必要なかったみたいだね――」

どうやらシグルドが何かを説明しているのが聞こえるけれど、眠すぎて意味がよく理解できない。

――異世界……魔術……これ、夢？　でも、僕の夢はいつだって……悪夢なのに……。

考えても答えが出るはずもなく、優羽は再び深い眠りへと落ちていった。


優羽はあまり、夢を見ない。

見るとすれば、それは確実に悲しい夢だ。

『おとうさん、おかあさん。どこにいるの？』

暗闇の中を彷徨《さまよ》う幼い自分を、現在の優羽が少し上から見下ろしている。

――これはいつもの夢だ。

両親が事故死した日の夜、優羽は両親を探して暗い町を歩き続けた。はっきりとは憶《おぼ》えていないから、感覚的なあり得ない情景として夢に出てくる。

葬式が終わってから暫《しばら》くの間、優羽は施設で暮らすことになった。これは後で知ったのだが、優羽の養育権を巡って一悶着《ひともんちゃく》あったらしい。

将来的にアルファと番になることの多いオメガは、社会的に様々な恩恵を受ける。それは引き取った家族にも適用され、番になった相手によっては莫大な結納金を得ることもあるようだ。

ただ行政側も欲に目が眩んだ家庭にオメガの子どもを引き渡すようなことは避けたかったようで、遠い親戚が優羽の養育先に選ばれるまで数カ月を要した。

幸いなことに行政の判断は正しく、親戚の家に預けられた優羽は、家族同然に何不自由なく育てられた。けれどやはり実の親ではないから遠慮はあるし、何よりオメガの自分を受け入れたことで親戚家族が周囲から受ける中傷に耐えられなかった。

結局、優羽は高校入学を機に寮へ入り、親戚にはこれまで育ててくれたお礼を言って実質独り立ちをした。

未成年でも真っ当に生活できたのは、オメガに対する社会保障が充実しているお陰だ。

ヒート抑制薬を含め医療費や学費、状況によっては生活費も申請すれば無条件で支給される。こんな恵まれた生活を送れるのは、いずれ殆どのオメガがアルファと番になるからだ。

政治や経済など国の主要な部分を担うアルファ達にしてみれば、後継者を産むオメガは保護する価値のある存在なのだ。

きっと、施設で読んだあの絵本の存在がなければ、体目当てに近い番契約ですらも深く考えず受け入れていただろう。

——運命の……番。

夢の中、いつの間にか優羽は絵本を手にしている。

どれだけ離れていても、姿形が変わっても必ず結ばれる番のおとぎ話。運命の番になれば、決して離れることはないのだという言葉は、両親を亡くしたばかりの優羽には希望の言葉となった。

唯一の『運命の番』と出会い、二人で愛を育《はぐく》んでいけたらどんなに素晴らしいかと思う。

だが現実に『運命の番』に巡り会う確率は、抑制薬が充実しフェロモン減退という副作用が蔓延《まんえん》したこの世界ではゼロに近い。

そして天涯孤独に近い優羽が、番を持たず生きていくことはまず不可能だ。

現状、オメガに対しての様々な社会保障が充実しているのは、アルファの子を産むという暗黙の了解があるからこそ成り立っている。

専門学校にはほぼ無償で進学できたものの、就職は正直難しいと専門学校の指導員からも言われていた。

芸術や身体面で特別な技能を持っていればまた別だが、そういった特技のない優羽は大多数のオメガと同じようにアルファの庇護のもとに生きる選択肢しかないのが現実だった。

夢の中で、優羽は絵本をお守りのようにぎゅっと抱きしめる。

初対面のアルファとなし崩しに番となり、愛を得ることは恥ずかしいことではない。

でも優羽は、どうしても受け入れられなかった。

けれど『運命の番』は理想でしかないとも薄々わかってきている。

『会いたいよ……』

呟く声は暗闇に吸い込まれる。悲しい夢から逃げたくて、優羽は遠くで瞬く微《かす》かな光に手を伸ばした。


「ぁ……」

「大丈夫ですか？　酷く魘《うな》されていたので、お声がけしたのですが……」

手を握り優羽を覗き込んでいるのは、金髪の少年だ。彼に支えられながら、優羽は上体を起こす。

眠りにつく前にいたシグルドの姿はなく、部屋も違うようだ。

「君は？」

「私はラウラと申します。三年前に王妃《おうひ》様の側仕えとして、召喚されました。今年で十七になります。これからけ、なんでもお申し付けください」

「てことは、ラウラ君も別の世界から来たんだね？」

「はい。シグルド様に助けていただきました」

助けてもらったという言葉が引っかかったけれど、まだ頭の中がぼんやりとして思考が纏《まと》まらない。

ラウラとは別に控えていた女官が、そっと飲み物を差し出す。

受け取ったグラスの中には水でなく、オレンジジュースのような液体が入っていた。

「庭で採れた果実を搾ったものです。気分がすっきりしますよ」

促されて一口飲むと、軽い酸味と甘さが喉を潤していく。あのキラキラした水とはまた違った味だ。

人心地ついた優羽は、改めて室内を見回す。

最初にいた部屋とは違い、庭に面した明るい部屋だ。家具や内装は白で統一されており、窓も大きいので開放感がある。

「本日からはこちらのお部屋でお過ごしください。王が自ら調えられた部屋なのですよ」

「王様が？　なんでそんな偉い人が？」

「お妃様《きさき》は、王の運命の番なのですよ。こちらの離宮も仮住まいで、新居は別に建築中だと聞いております」

そういえば、シグルドが『王の番となるべく、僕が召喚した』と言っていたのを思い出す。

「本当だったんだ……そうだ、君もオメガ……じゃなくて、ユエだよね？　僕と同じ世界から来たの？」

「いいえ。私はお妃様とは別の世界の出身です」

どうやら異世界とは幾つも存在するようだ。

あっさり否定され、優羽はがっくりと肩を落とす。元の世界から来たオメガなら、情報交換もできただろうけれど、違うとなれば話は変わってくる。

だがここで、新たな疑問が浮かぶ。

「えっと、僕もラウラも全然違うとこから召喚されたのに、普通に会話してるよね。ここの人達の言葉や文字もわかるし……どういうことかわかる？」

「詳しい理由は存じませんが、こちらの世界の神がユエが不安にならないよう、配慮をしてくださっているとか……」

「じゃあ意思疎通は問題ないってことだよね」

「はい。私も三年目になりますが、特別困ったことはございません。それに何かあれば、丁寧に教えて頂けます」

ラウラの言ったとおり、こちらの世界の神様はユエにはかなり配慮をしてくれているようだ。

「まれに会話ができないユエがいるそうですが、そういった場合は魔術で意思疎通ができるようにするのだとシグルド様から聞きました」

――やっぱり異世界ってすごい。

一番の問題になりそうな言葉も、これなら大丈夫だろう。

実際にラウラも適応しているようだし、他にもわからないことがあればすぐに対処もしてくれるようだ。

「おはよう。昨夜はよく眠れたかな？」

「シグルドさん、おはようございます。昨日は話してる途中で、急に寝ちゃってごめんなさい」

「気にしないで。召喚されたばかりで、疲れていたんだよ。よくあることさ」

いつの間にか入ってきていたシグルドが、ごく自然に会話に加わる。さりげなくラウラが席を立ち、彼の分のお茶を淹《い》れた。

「こっちの世界はどう？　まだ来たばかりだから、感想も何もないか」

「いえ、こんな広いベッドで寝たの初めてで、驚いてます。そうだ、さっき飲んだジュースもとても美味《おい》しかったです」

深い眠りのお陰で、優羽は大分落ち着いていた。改めてシグルドに向き合い、優羽は気になっていたことを問うてみた。

「シグルドさんが僕やラウラを召喚したんですよね？　やっぱりそれって、魔術で呼ぶんですか？」

召喚されたときの記憶は、全くない。気付いたらベッドに寝ていたので、一体どうやったのか興味があった。

「魔方陣と呪文でささっと召喚するんだ。普通の魔術師なら数日かけて準備するところを、僕は瞬き程度の時間で終わらせることができるんだよ」

「シグルドさんて、すごいんですね」

純粋に思ったことを口にすると、またフードが捲れて黒い兎の耳が飛び出す。どうやら機嫌がいいと彼の頭には兎の耳が生えるらしい。

「なんたって、最年少で宮廷魔術師の長官に選ばれたからね。もっと褒めてくれていいんだよ……あれ？」

「なんですか？」

「君、もしかしてヒート未経験？」

「どうしてわかったんですか！」

「魔術師だから、としか説明のしようがないんだけど……そのヒートの件、理由があるなら教えてくれるかな」

真顔になったシグルドに、優羽はできるだけわかりやすく伝えようと努めた。

「僕のいた世界では、番を持つまでは薬でヒートを抑えるんです。昔は項《うなじ》を守る首輪をつけていたそうですけど、今は薬でフェロモンも抑えてるから殆どのユエはつけてません」

安価で質の良い薬が開発されていなかった時代は、突発的な事故を避けるために金属製の首輪をつけることが義務づけられていた。

しかしそういった慣習は薬の普及と共に廃れ、今ではファッションや婚約した時に贈られるプレゼント的な要素が強い。

そう説明すると、シグルドだけでなくラウラや居合わせた女官達も目を丸くする。

「そういった世界は、初めて聞くよ。ますます興味深い！」

「私の住んでいた世界でも、そのような薬はありませんでした。ヒートを抑える効果のある木の根を煎じて飲むくらいで……お妃様の住んでいた世界も、ユエを大切にする文化だったのですね」

「……そうだね」

素直に頷くことができなかったのは、自分がその幸せを受け入れられなかった引け目があるせいだ。

それも『運命の番』に拘るという、夢見がちな理由で。下らない理想は捨てろと、何度諭され、冷笑されたかわからない。

嫌な記憶を思い出してしまい、優羽はそれを振り払うように首を横に振る。

「お妃様。どうかされましたか？」

「ううん、なんでもない。……そうだラウラ、僕のことは優羽でいいよ。お妃様って言われても、なんかしっくりこないし」

「お妃様がそう仰《おっしゃ》るなら、これからは優羽様とお呼びさせてください」

元々が生真面目なのか、ラウラが丁寧に頭を下げる。

「あのさ、僕の番ってどんな人？　王様って言ってたけど、なんかぴんとこなくて」

するとラウラとシグルドが、同時に全く異なる見解を述べた。

「私などにも気を配ってくださる、お優しい方ですよ」

「不器用で融通が利かない朴念仁だ」

そんな二人を交互に見て、優羽はつい噴き出してしまう。

人によって意見が分かれるのは良くあることだ。

しかしここまで正反対だと、逆に興味をそそられる。

優羽の反応にシグルドが楽しげに口の端を上げる。

「よかったら、見に行く？」

まるで悪戯《いたずら》を思いついた子どもみたいなシグルドの誘いに、優羽はどう答えようか迷った。

「王は諸侯の謁見を受けておいでですよ」

すかさずラウラが窘《たしな》めるけれど、シグルドはどこ吹く風だ。

「いいじゃないか、ラウラちゃん。こっそり覗くくらいならバレないよ。女官長には上手《うま》く誤魔化しておいて。すぐに戻るから……みんなも口裏合わせ頼んだよ」

「シグルド様っ！　叱られても知りませんよ！」

——シグルドさんの方が年上だよなあ？

止めるラウラと慌てる女官達にひらひらと手を振ると、シグルドが優羽の手を引いて駆け出す。

「あの、どこに行くんですか？」

「謁見の間だよ。ここは離宮だから、王宮みたいに広くないしすぐだよ」

部屋を出ると廊下の窓から中庭へと飛び降り、茂みの中を構わず突き進んでいく。

流石《さすが》にマズイと思い始めたけれど、一人で戻れる自信はないのでシグルドについていくしかない。

「はい、到着。静かにしていれば大丈夫」

しーっと人差し指を口に当てて、シグルドが片目を瞑《つぶ》る。柱の陰に隠れて、そっと覗いたその先には、豪華なステンドグラスで装飾の施された広間があった。

――ここが謁見の間。

大理石の床には深紅の絨毯《じゅうたん》が敷かれ、数人の男が跪《ひざまず》いている。何か話しているようだが、距離があるので会話の内容までは聞き取れない。

「あっちの椅子《いす》に座ってるのが、君の番」

囁《ささや》いたシグルドが指さす方を見て、優羽は息を呑《の》む。そこには金髪の男が一人、宝石で彩られた玉座に座っていた。

鋭い眼光に彫りの深い顔立ち。オメガでなくても、いや、アルファでも見惚《みと》れるほどの美貌《びぼう》だ。

――前にネットで見た、外国のセレブクラスのアルファよりすごい。

アルファの中にもレベルがあり、所謂セレブと呼ばれるアルファは顔立ちは当然よく品格もある。しかし玉座の男は完全にセレブクラスを凌《しの》いでいると、オメガの本能でわかってしまう。

――あの人が、僕の番……。ん？

よく見ると、彼の頭にも獣の耳が生えている。それも真っ白い、虎の耳だ。椅子の背もたれからは長い尾が垂れていて、不機嫌を表すかのようにバシバシと床を叩いている。

おまけに跪いた別の男が何か喋った途端、空気を揺るがすような恐ろしい唸り声が響いてきた。

「おや、機嫌が悪いようだ。気付かれる前に退散するとしよう」

恐怖で足が竦んでしまった優羽は、シグルドに背負われてその場を立ち去った。

＊＊＊＊＊

優羽が召喚された夜。離宮の執務室で書状に目を通していたエリクは、侍従から『召喚成功』の知らせを受け、文字どおり仕事を放り出し急いで番のいる部屋へと向かった。

一目見た瞬間、エリクは全てを悟った。

これまで何度も鏡越しに見てきた『運命の番』だが、こうして直接見て触れたことで、ますます自身の本能が彼を求めていると確信する。

感情も本能も、肉体も精神も。全てが愛《いと》しいという思いに支配されていた。

――愛らしい番に会いたい。

同じ離宮内にいるにもかかわらず、触れることができたのは召喚したその夜の半時だけ。

それも相手は、意識を失った状態でのこと。

『運命の番』であるのにもかかわらず、この数日はシグルドから報告を受けるばかりで直接会うことが叶《かな》わない。

――全く、元老院の連中め。姑息な嫌がらせには知恵が働くのだな。

召喚の儀式に関して、しきたりに煩い元老院と揉《も》めたことが原因で、番を召喚してもなおあれこれ理由をつけて嫌がらせが続いている。

滞在しているこの離宮にまで連日仕事が持ち込まれるのも、彼らが裏で指示をしているからなのは一目瞭然だが、王とはいえ正式な番の披露目を行っていないエリクは、まだ立場が弱いのも事実だ。

今は様子を見ながら、根気強く元老院との調整をしなければ、後々禍根が残るしそれは優羽にも影響を及ぼすだろう。

「――やあエリク、元気じゃなさそうだね」

言葉とは反対に明るい笑顔で執務室に入ってきたのは、幼なじみであり宮廷魔術師の統括を務めるシグルドだ。

入ってくるなりソファへ腰《こし》を下ろすと、その顔から笑みが消える。

「まず本題だ。やはりあの子は、ヒートを迎えていない」

「発育不良か？」

異世界から召喚されたユエには、よくある現象だ。殆どのユエは劣悪な環境に置かれており、成人していても栄養不足で適齢期でもヒートが起こらない場合がある。

そのようなユエは、半年ほど療養させればヒートを迎えるので特に問題はない。

しかしシグルドは、首を横に振る。

「いや、体の方は至って健康。ただ元の世界はかなり薬学が進んでいたようで、番を持つまでは薬でヒートを抑えるらしい。だからちょっと面倒だ」

「面倒とはどういう意味だ」

「こちらの知識では、成分が全くわからない未知の薬が使われている。ということは、いつ薬効が切れるか、わからないのさ」

つまりはヒートを迎える時期に備えるのが難しい状態なのだと、エリクは理解する。だがシグルドの説明は続く。

「君が考えていることはわかる。しかし問題はそれだけじゃない。彼の住む世界では、ある意味非常にユエが保護されていた。薬の完成度が高いことで予想が付く……で、僕の見解としては、彼はヒートに陥ったユエを見たことがないし知識もないだろうということさ」

「……まさか」

その推論は流石に考えすぎだと、眉《まゆ》を顰《ひそ》める。しかしシグルドは大真面目に続けた。

「僕も何度か、彼の住む世界を覗き見している。こちらより遥かに文明は進んでいるようだし、ユエに関してはこれまで接触のあった異世界の中でもかなり上位の保護が市民の中にも浸透している」

ユエはその特性から、下位に置かれることが多い。しかし文明や道徳など、様々な要因が重なると、時にソレユよりも上位の立場になる世界も観測されている。

つまり優羽がいた世界は、ソレユより高位までではいかずとも、同等レベルでの生活が保障されていたのだろう。

とすれば、ヒートが原因の事故は起こらないし、決して起きないような社会システムが確立されていたことになる。

「あの子を抱き上げた時、まだ僅かに意識はあったがヒートにならなかったのは……」

「主な原因は薬だけれど、ヒート自体を体が理解してないからだろうね」

これまで召喚された発育不良のユエでも、全くヒートに関わらなかったという事例はない。一度でも直接見聞きすれば、本能が刺激されてヒートを理解する。

しかし優羽の場合、ヒートを知識でしか知らない可能性が高いのだ。

――確かに、厄介な問題ではあるが……。

考え込むエリクに、シグルドがにやりと笑う。

「まあ、僕にかかれば魔術と薬でどうにでもなるけれど。どうする？」

「強引に奪うようなことはしたくない」

「そう言うと思った。でも宮廷のことも考えてあげなよ」

優羽の召喚は、エリクの一存で行った。本来ならば王宮の召喚の間で大臣や貴族達に見守られながら行われるのが常だ。

しかし離宮で元老院の承諾もなく召喚した上に、未《いま》だに披露目も行っていないことで貴族達は不満を感じている。

昼、謁見に訪れた貴族達は、『せめて貴族への披露目だけでも』と訴えに来たのだ。

「彼らのご機嫌取りのために、優羽を呼んだのではない」

「ごめんごめん。でも君のためでもあるのだから、考えるべきだ」

番を得ていないエリクは、まだ正式な王ではないのだ。

優羽を正妃として召喚することは元老院も認めていたが、儀式やそれに付随する様々な面倒ごとは今も両者の間で折り合いが付いていない。

「元老院なら、放っておけ」

そもそも彼らの言う『しきたり』が気に入らないのだ。

王は番の召喚に際して、項を噛《か》む神聖な儀式を広間で行うのだが、当然、項を噛まれたユエはその場でヒートに陥ってしまう。

すぐに聖布で隠されるとはいえ、本来寝所で行われる秘めごとを何故曝《さら》さなくてはならないのかとずっと疑問に思っていた。

「優羽は私の運命の番だ。どれだけ大切な存在か、彼らも知っているだろう」

「勿論だよ。運命の番なら、誰にも見せたくないって気持ちはよくわかる。——話すなと言われていたが、君の父上も説得に奔走している。あの方も儀式を嫌がっていたからな」

「父上が」

既に王位を退いて王都から離れた父親が、わざわざ元老院の説得に出向いているのは初耳だ。恐らくエリクを気遣い、秘密裏に動いていたのだろう。

「君がどれだけあの子を待ち望んでいたか、みんな知ってるよ。大切にしたい気持ちもわかってる。……だからもう一度、話し合いの席に着いてくれないだろうか？」

元老院も悪意を持って、厳しくしている訳ではないことも内心では理解している。お互いに納得できる形に落ち着けるためには、話し合いが必要だ。

それがどれだけ面倒で、不毛な内容でもやらなければ先へは進めない。

「わかった」

「僕も協力するから。ともかく、頑《かたく》なになることだけは避けてくれよ」

ため息を吐くエリクに、シグルドが苦笑を返す。

「そうだ。優羽君にヒートが来ないからといって、油断はするなよ。適度な接触と愛撫《あいぶ》は、ユエに必要不可欠だから忙しくても欠かさないように」

「当然だ」

仕事は山積みだが、優羽をほったらかしにするつもりなど毛頭ない。

「今夜、優羽の部屋へ行く。女官長とラウラに伝えておいてくれ」

そう告げて、エリクは再び書状の山に向かった。

シグルドが部屋を出て行き、扉が閉まったのを確認してからエリクは額を押さえる。

「優羽……私の運命」

どうせシグルドには見透かされているだろうが、あえて指摘をしないのは彼なりの優しさだろう。

優羽を召喚してから、エリクの心は彼のことで埋め尽くされている。彼を鏡越しに初めて見たときからずっと愛しく思っていた運命の番を、やっとこの世界に呼び寄せられたのだ。

歓喜、などという言葉だけではとても言い表せない感情の嵐が今も胸を焦がしている。

元老院や貴族どもに悟られぬよう、その感情の高ぶりをひた隠し平静を装って政務に臨む自分に、シグルドは内心呆《あき》れていることだろう。

『魔術と薬でどうにでもなる』

そうシグルドは言ったが、エリクはそのような物に頼るつもりは毛頭ない。運命の番であるのだから、時間をかけてでも心を通わせ自然なヒートを待つのが筋だ。

愛しているからこそ、触れたい。しかし、傷つけたいわけではない。

「私は優羽への愛を貫く。ユエを――優羽の気持ちを蔑《ないがし》ろになど、決してしない」

自分に言い聞かせるように、エリクは呟く。

かつてこの世界に君臨した王が、神に誓った言葉だ。

運命の番である優羽と心を通わせ、真実の番となるまで己を律せねばと、エリクは改めて誓いを立てた。

謁見の間から部屋に戻ると、すぐにラウラが優羽の異変に気付いてくれた。口数が少なく顔色も悪い優羽を気遣い、シグルドへの小言は女官長に任せ、寄り添ってくれる。

「優羽様。なにかお心が乱れることがありましたか？」

「ちょっと……王様が怖くて……」

大丈夫だと誤魔化す言葉も出てこないくらい、優羽は怯《おび》えていた。

「王は虎の血が濃く出ている方ですから、人である私達が怯《ひる》んでしまうのは仕方のないことです。お話ししてみればきっと怖くなくなりますよ」

「そうだといいんだけど」

ラウラは本心から言ってくれているのだろうけれど、あの恐ろしい唸り声が耳から離れてくれない。

――あんなおっかない人の番なんて、冗談じゃない。

いくら『運命の番』だと言われても、半分獣の相手と生涯を共にするなんて絶対に無理だと優羽は思う。

「あのさ、ラウラ。元の世界に戻る方法って……」

問いかけた優羽のお腹が、盛大に鳴った。

「申し訳ございません。優羽様はこちらにいらしてから、お食事がまだでしたよね？　すぐにご用意いたします。——と、今なにかお尋ねになられましたか？」

「ううん。なんでもない」

自分の声もかき消すほどの盛大なお腹の音が恥ずかしくて、優羽は咄嗟《とっさ》に首を横に振る。

——食べてから聞けばいいか。

ラウラと女官達がテーブルをセッティングし、ほどなく料理が運ばれてくる。フォークやナイフ、スプーンなどの食器が優羽の前に置かれた。と、ここで優羽の頭に疑問が浮かぶ。

——こっちの世界の食事って、どうなんだ？

優羽の少ない知識からして、大抵は食べられる物が出てくるようだが、中にはゲテモノ的な見た目の料理を食べていた漫画もあった気がする。

だが幸いなことに、不安は無事回避された。

銀の皿に載せられ運ばれてきたそれらは、元の世界でも見覚えのある形をしており優羽はほっと胸をなで下ろす。

メインはローストビーフらしき肉料理と、香草と共に蒸された魚と野菜。湯気を立てるクリーム色のスープは食欲をそそる。

結局のところ人間なんて単純で、怖がっていてもお腹は減るのだ。そして美味しそうな料理を前にすれば、難しいことより食欲が勝る。

「いただきます……あれ？　ラウラ達は食べないの？」

「私たちは既に済ませましたので。気になさらないでください」

にこにこと微笑《ほほえ》んでいるけれど、多分ラウラの返事は将来の王妃である優羽に対する気遣いだろう。この世界では上下関係がはっきりとしているようなので、側仕えである彼らが食事を共にするのは恐らく許されていない。

――お願いすれば食べてくれるかもしれないけど、まだ僕はこっちじゃお客さん扱いだろうし……今は申し訳ないけど、一人で頂きます。

他人に見守られながらの食事は落ち着かないが、余計なことを言って彼らを困らせても申し訳ない。それにこんなにも美味しそうな料理を前にして、優羽も我慢の限界だった。

「じゃあ、いただきます。――っ、美味しい！」

見た目もさることながら、一流のレストランに劣らない上品な味付けに優羽は思わず声を上げる。

「このお肉、柔らかくて舌の上で蕩《とろ》けるよ。こっちの魚は鯛《たい》に似てる。香草は知らない味だけど、淡白な魚とすごく合うね」

舌鼓を打つ優羽に、ラウラ達はほっとした様子で視線を交わす。

「どうしたの？」

「いえ、召喚されたばかりの方は食習慣が異なることもありますので、優羽様のお口に合って良かったです」

「厨房《ちゅうぼう》の人にも、美味しかったって伝えてよ。このスープも絶品！」

「トウトマメのスープですよ」

材料の名前は聞いたことがなかったけれど、美味しければなにも問題はない。別の皿にデザートとして盛り付けられていた果物は全く見たことのない形をしていたが、こちらも味は優羽の知る果実と非常に似ていた。

――これは、直方体の苺。こっちは、金平糖形の葡萄《ぶどう》……って感じだな。うん、ここって本当に異世界なんだ。

シグルドの兎耳や、王様の恐ろしい唸り声。そしてこの宮殿など。異世界だと感じられる要素は各所にあった。

しかしやはり食べたり触れたりといった行為で、改めて自分が全く違う世界に来たのだと優羽は感じる。

食事を終えると、優羽は『一人になりたいから』とラウラに告げた。召喚された直後は体調が悪くなるユエもいるらしく不安げだったが、何かあればハンドベルを鳴らして人を呼ぶと約束し一人にしてもらう。

扉が閉まり一人になると、やっと優羽は一息ついた。

「豪華な部屋だなあ」

最初に寝かされていた部屋も決して質素なわけではなかったが、新しく与えられた部屋は格段にランクが違うとわかる。

内装も調度品も贅《ぜい》を尽くした立派なものばかりで、海外旅行の番組に出てくるお城のようだ。違うのは観光用に作られているのではなく、あくまで生活する人が居心地良く過ごせるよう整えられているという点だ。

優羽は窓辺に近づいて外を見るけれど、部屋は一階なので昨夜のように壁の外の様子はわからない。

花々が咲き乱れる庭は見事だが、今は散策する気分になれないのでベッドに戻る。お腹が満たされたせいか、先ほどから酷く眠い。

――すこし寝よう。

まだ外は明るいが、やはり召喚の影響なのか体が怠《だる》く感じる。

ベッドに横たわると自然と目蓋が落ちて、優羽はうとうとと微睡《まどろ》み始める。ほどよい硬さの枕と、柔らかな毛布。肌触《はだざわ》りの良い寝間着の何もかもが、優羽を眠りへと誘う。

――眠い……けど……なんだろう、これ？

あり得ないはずなのに、この状況に既視感がある。

悲しかったり辛かったとき、遠くから呼びかけられたような気がすることが度々あった。

自室の簡素なベッドで寝ているにもかかわらず、意識は今横になっている柔らかな毛布に包まれているような錯覚を覚えていた。そうしてうとうとしていると、どこからか自分を呼ぶような『音』を感じるのだ。

それは声ではなく、直接心に響くみたいな不思議な感覚で、それを感じることのできた夜は夢を見ずに熟睡ができた。

今その『音』は聞こえないはずなのに、さっき謁見の間で聞いた王様の声と重なり響き合う。

暖かな何かに包まれる錯覚と、ぼんやりとした悲しい夢が交互に優羽の夢に現れる。夢はとりとめのないもので、断片的な記憶が映し出されては消えていく。

懐かしさと、悲しみ。

複雑な感情に涙を零《こぼ》していた優羽は、あの優しい『音』に似た声を聞いて目を覚ました。

「――優羽」

「あなたは?」

いつの間にか熟睡していた優羽がぼうっとしながら目蓋を開けると、心配そうに顔を覗き込む金髪の男の姿があった。

恐ろしいほどに整った顔。金の髪に、緑の瞳。そして視線を交わしただけで感じる、王としての威厳。

ただのオメガである自分とはとても釣り合わない相手だと、優羽はすぐに理解した。

——ええと……この人、謁見の間にいた人だ！

次第にはっきりとしてきた意識が、相手が誰であるか嫌でも優羽に理解させる。

身構えた優羽は急いで起き上がり、ベッドの上に正座する。

「あ、あの……」

「そう緊張せずともよい。楽にしなさい」

虎耳の男は床に片膝《かたひざ》をついて、深く頭《こうべ》を垂れた。予想もしなかった行動に、優羽は慌てる。

「番であるのに、挨拶が遅れてすまない。私はこの国の王、エリク・ヴァロワだ」

エリクと名乗った彼の頭には、白い虎の耳が生えている。そしてマントの端からは、長い尾が床に垂れていた。

どうやらこの国でユエが大切に扱われるというのは、本当のことのようだ。

深呼吸をして、優羽はエリクと向き合う。

「顔を上げてください……僕は天霧優羽です。あなたの番として召喚されたって聞きましたけど、本当なんですか」

「君の言うとおりだ。天霧優羽、君は私の運命の番だ」

「運命の……番」

改めて口にすると、胸がドキドキとして落ち着かなくなる。

けれど続いた言葉に、優羽は身を強張らせた。

「――元の世界へ帰りたいか？」

予期せぬ問いかけに、彼の真意を摑《つか》めず優羽は押し黙る。運命の番だと言ったはずなのに、何故彼は自分が帰ることをよしとするような問いかけをするのだろうか？

「どうして、そんなことを聞くんですか……」

エリクの眼差《まなざ》しが、どことなく悲しげに見えるのは何故だろう。

「故郷が恋しいのなら、正直に答えてほしい」

どうして急にそんなことを聞くのか不思議だったけれど、彼が頰を伝う涙を拭《ぬぐ》ってくれた事で合点がいく。

「違うんです。その泣いていたのは夢を見てたせいで。故郷が恋しかったとかじゃないんです」

勘違いさせてしまったことを訂正しようと思い、優羽は服の袖《そで》で目元を擦《こす》った。

「……昔から悲しい夢ばっかり見るんです。召喚されたから泣いてたわけじゃないから、気にしないでください」

「そうか、ならばよかった」

ほっとしたようなエリクに、優羽はふと疑問を投げかけた。

「あの、その耳と尻尾《しっぽ》は。本物なんですか？」

美形の頭に虎の耳が生えていて、それが時折動くのだから気になって仕方ない。

「気になるか？」

「ご、ごめんなさい！」

「召喚されたユエ達は、皆驚く。気にすることはない」

エリクが言うには、こちらの世界の住人はみな何かの獣の特性を持って生まれるらしい。

王族には肉食獣の特性が多いなどの傾向はあるものの、規則性はないようだ。

但し、獣の形は魔力の証《あかし》であり、その力が強い王族や貴族は自然に獣の部分が現れてしまうのだという。

「だから王様とシグルドさんは、虎や兎の耳が生えてるんですね」

「触ってみるか？」

謁見の間で見た彼は恐ろしく感じたけれど、ラウラの言うとおりこうして話してみると非常に紳士的な人物だとわかる。

「いいんですか！」

エリクが尻尾を持ち上げて、優羽の膝に乗せてくれる。そっと触ると艶のあるふわふわとした感触に思わずうっとりとしてしまう。

「そんなに気持ちいいか？」

「僕、猫とか大好きなんです。王様の尻尾、とてもふわふわしててずっと触ってたいくらいですよ」

「それは構わぬが、訂正させてほしい。私は虎族の血を受け継いでいて、猫族ではない」

少しだけ不機嫌そうに言うエリクに、優羽は慌てて頭を下げる。

「ごめんなさい、王様」

「優羽、私と君は運命の番なのだから、名前を呼びなさい」

苛立《いらだ》ったように、尻尾の先端がぱしぱしとベッドの縁を叩く。

――どうしよう、怒らせた？　でもいきなり呼び捨てはマズイよな。

「じゃあ、えっと。……エリク様？」

しかしこの選択も、正解ではなかったようだ。

「君の故郷では、番に敬称をつけるのか？」

「そんなことはないですけど……あなたは王様だから、呼び捨てはよくないかなって思って」

「ああ、そんな顔をしないでくれ。困らせるつもりで言ったわけではないんだ。……どうも私は言葉選びがよくないと、シグルドに注意されているのだがなかなか直らない。本当に申し訳ない」

悲しげに耳が伏せられ、尻尾からも力が抜ける。

苛立っていたのは優羽にではなく、気持ちを上手く伝えられない己に対してだと気付いた優羽は、エリクに声をかける。

「そんな気にしないで、僕は気にしてないですから。エリク」

名前を呼ぶと、エリクの表情がぱあっと明るくなった。

一国の王である彼が、出会ったばかりの自分にこんなにも気を遣ってくれることが不思議で、優羽は小首を傾げた。

「あの……エリクは王様なんですよね？　僕なんかにそんな優しくしなくてもいいのに」

ユエが大切にされている世界だとしても、自分はごく普通の人間だ。元の世界の基準で考えれば、エリートアルファから番にと望まれるような身分や血筋でもない。

だがエリクは静かに告げる。

「番を気遣うのは、当然のことだろう。不用意な発言で番を不安にさせれば、ユエから離縁を切り出されてもおかしくはない」

即答されて、優羽は何だか落ち着かない。

真っ直《まっす》ぐに見つめてくる緑の瞳に、優羽は胸の高鳴りを覚える。これまで何人ものアルファから告白を受けてきたけれど、こんな気持ちになったのは初めてだ。

――やっぱり、運命の番って特別なのかな。

エリクの眼差しも熱を帯びているように見えるのは気のせいではないだろう。

「触れても、いいかな」

こくりと頷けば、エリクの手が頬に触れる。そっと上向かされ、自然な動作で唇《くちびる》が重なった。

初めてのキスは一瞬で終わったけれど、そういった経験のない優羽にとっては十分すぎるほど刺激が強かった。

耳まで真っ赤になった優羽に、エリクが慌てて謝罪する。

「会ったばかりなのに、すまない。こういったことは、時間をかけるべきだと頭ではわかっていたのだが……」

「ちょっと驚いただけだから、大丈夫です。それに、初めてのキスが……運命の番とできて、嬉《うれ》しい……です」

正直な気持ちを伝えると、エリクがほっとしたような表情を見せた。

「経験がないのなら、尚更君を大切にしなければならない。やっと出会えた運命の番に嫌われてしまわないよう、気をつけよう」

「嫌ったりしませんよ。えっと、エリク。これからよろしくお願いします」

「こちらこそ、よろしく」

気恥ずかしさを誤魔化すように、二人は顔を見合わせて笑う。

「優羽。我が国では、第二の性にかかわらず伴侶となる相手に贈り物をするのが習わしなのだ。なぜなら伴侶の好みを知ることは大切だからだ」

「贈り物ですか？　僕の故郷でも、仲の良い人とのプレゼント交換の習慣はあります」

「そうか、ではなにか欲しいものはあるか？」

問われて優羽は、答えに詰まる。元の世界だったら、『映画のチケット』とか『カラオケのおごり』など、気心の知れた友人達にリクエストができた。

――でもこっちの世界に、カラオケなんてないよなあ。

少し考えてから、優羽は良案を思いつく。

「だったらこの国の食材がほしいです。あと厨房を使う許可も！」

「それはかまわないが。理由を聞いてもいいかな？」

疑問に思うのも当然だろう。首を傾げるエリクに、優羽は自分が元の世界では調理専門学校に通っていたことを話す。

「僕は料理が得意だから、今度エリクに何か作ります。番ができたら手料理を食べてもらうのが夢だったんです」

優羽は元の世界では、日々専門学校での実習とバイトに勤しんでいた。

将来自立するために選んだ学校だったが、次第に料理を作る楽しさにも目覚めていった。

同時に、いつの日か運命の番に出会えたら、手料理を振る舞うという目標もできた。

忙しい毎日だったけれど、それでも好きな料理を作っている時は、運命の番が見つからないことへの不安を忘れて没頭できた。

「エリクが好きな料理って、なんですか？　僕、勉強します。だから、作れるようになったら食べてください。これが僕からエリクへのプレゼントってことでどうですか？」

この提案は意外だったらしく。エリクは笑顔を見せる。

「わが番が手料理を振る舞ってくれるとは……これほどの喜びはない」

「大げさすぎですよ、エリク」

「楽しみにしている」

エリクの言葉も眼差しも、とても優しい。

でも何かが足りない気がする。

——……そうだ、ヒートにならないんだ！

『運命の番』に出会うと、オメガはヒートに陥りすぐに番《つが》いたくなると聞いている。こちらの世界でも、そういった体の変化は同じであるはずだ。

でもソレユ——こちらのアルファ——であるエリクは口づけをしても平然としているし、自分にも変化がない。

——もしかして、薬を飲んでるから？

元の世界では健康的な社会生活を送るために、フリーのオメガは定期的に抑制薬を飲むことが義務づけられているので項を噛んで番にならない限り発情はしない。

自分の体がヒートを起こさない理由は説明がついたけれど、問題はエリクだ。王であるなら、彼は非常に強いソレユである可能性が高い。

強いソレユ。それも『運命の番』ともなれば、強引にヒートを引き起こせる力があるはずだ。

——でも僕はなんともないし。エリクは、『運命の番』だって言うけど噛もうとしない。抑制薬の発達した社会では、項を守るという概念が消えて久しいので、当然優羽も首輪をつけたことはないし今もしていない。側仕えのラウラは首に銀の輪をつけていたから、こちらにはまだ首輪の文化はあるはずだ。

とすれば、いくら抑制薬を飲んでいても優羽は無防備なユエに過ぎない。

不安な気持ちを落ち着けるように、無意識にエリクの尻尾を撫《な》でていた優羽は彼の言葉に我に返る。

「——運命の番はどれだけ離れても、姿形が変わっても相手がわかるそうだ。だから私と君は、出会うことができた」

心から嬉しそうに語るエリクから嘘《うそ》偽りは感じない。

「ただし、お互いに求め合うことが必要だ」

片方が運命の番を求めなければ一方通行で終わってしまうと言うエリクに、優羽は疑問を投げかけた。

「でも僕はエリクのことを知りませんでした」

「君が私の存在を知らないのは当然だ。しかし『運命の番』を探したことはなかったか？

個としての番を意識しなくとも、己の運命を求める力は時空を超えるのだと、私は魔術師から教えられた」

「難しいけど……ようは『運命の番』を信じて探してたかどうかってことが、鍵になったってことですか？」

「その解釈で合っている」

確かに運命の番なら、時空を超えて惹かれ合うということもあり得るかもしれない。なにしろこの世界には魔術が普通に存在し、実際に自分は召喚された。

「優羽と私は互いに想い合っていたからこそ、こうして巡り会えた」

嬉しそうに告げるエリクに、胸が高鳴る。

幼い頃からずっと憧れていた『運命の番』に、本当に出会うことができたのだ。

けれど嬉しく思うと同時に、不安もある。

幼い頃からヒートを抑える薬を飲んで育った優羽は、所謂ヒート状態を全く知らないのだ。保健の授業で説明は受けるが、基本的には番を持って初めてヒートを迎える。

なのでヒートになった場合の対処法は勿論、兆候ですら全くわからない。

今は穏やかに話していても、エリクがその気になれば自分は簡単にヒートに陥るのだと今更気付く。

そんな不安が表情に出てしまったらしい。

「番の儀式は、君が受け入れてくれるまで待つつもりだ。召喚されたばかりでは、落ち着かないだろう？」

「儀式？　……そっか、王様だからそういうのがあるんですね。誓いの言葉とか、憶えないと駄目なのかな」

正直、堅苦しい場は苦手だ。だが王妃となるなら、色々と勉強する必要もあるだろう。

「難しいことは何もないから、安心しなさい。儀式は私も苦手だから、極力簡素にするよう通達はしてある。用意もあるから、暫くは気楽に過ごすといい」

「ありがとうございます」

エリクの言葉に、優羽はほっと胸を撫で下ろす。少なくとも、すぐに彼の番として行為を迫られることはなさそうだ。

「ところで、シグルドから君が召喚された理由などは聞いたかな？」

「僕の住んでた世界じゃないってことと、王様の番として召喚されたってことだけは……」

召喚された直後は、すぐに眠ってしまった。今日も謁見の間を覗き見しに行った後は、シグルドは女官長に叱られるのを恐れて何処かに隠れてしまった。

なので異世界の事情は詳しく知らないのだと、優羽は正直に伝える。

「では改めて、君が召喚された訳を説明しよう。……こちらの世界には、ユエは存在していない」

「え、じゃあベータ……じゃなくて、ソレユはエトと番になるんですか？」

優羽の住んでいた世界ではアルファとオメガが番になることは一般的だけれど、ベータと結婚する場合もある。

だがそれならば、わざわざ異世界から召喚する必要はないはずだ。優羽の疑問に、エリクは衝撃的な答えを返す。

「いいや。ソレユはユエと番にならなければ、子は望めない。三百年前にこの世界全てを巻き込んだ大戦が起きて神がお怒りになり、ユエが生まれなくなったのだ。人だけでなく獣も多く死に絶え、大地の半分が焦土になった」

「大戦？　神様？」

異世界なのだから、自分の生きてきた世界と対比するのは正しくないだろう。

しかしあまりにも壮大な話に唖然となる。

「なんでそんなことに……」

「ユエを巡っての戦だと、歴史書に残されている。優秀なユエは、優秀なソレユを産む。そのため、番を殺して奪い取る蛮行が横行していたらしい――」

良いユエがいると聞けば、その国ごと滅ぼし全てのユエを奪う。争いの元となるユエは、一般人であるエトからは忌み嫌われ迫害を受けた。

あるいは権力者への献上品として、商人が買い集めた記録もあるという。

当然、ソレユもユエを優秀な子孫を残す道具として扱うことが多く、ユエに対する扱いは酷いものだったとエリクが時折唸りながら話す。

その苦しげな表情から、彼がその歴史自体を恥じているのだとわかる。

「神が愚かな者達に、罰を与えたのは当然のことだろう」

「罰って。ユエが生まれなくなったってことですか？」

問うとエリクが頷く。

ユエを奪い合う不毛な戦に明け暮れていた人々の前に、突如この世界を創った神が降臨したのだ。

全てを無に帰すために。

「――愚かな争いの果てに、滅ぶのは致し方ない。しかし愛する者に生きてほしいと身をなげうったユエの言葉を、神は聞き入れた」

自らを生け贄《にえ》として、一人のユエが『戦を終わらせてほしい』と神に祈った。

愛しい番を守りたい一心で命を絶ったユエの願いを聞き届けた神は、その偉大な力で全ての戦を終わらせる。

と同時に、このような世界に生まれてくるユエを哀れみ憂いた。

「神はこの世界から、全てのユエを消した」

しかしユエがソレユと番って次代のソレユを産まなければ国は衰退する。

「エトは愚かではないが、やはり導く者が必要だった。それが我々ソレユ、王族や魔術師などの重大な責務だ」

「僕の住んでいた世界でも、偉い人は殆どがアルファ……ソレユだったから、なんとなくわかります」

全てとは言いきれないが、政治や経済の根幹を担うのはアルファの役目だ。

徐々に次世代への移行が進むならば、問題はなかっただろう。しかし突然、指導者になる資質のある者が全く生まれなくなれば、それはそれで社会は混乱する。

長く続いた戦乱は多くの命を奪い、残されたソレユは主に王族と高位の貴族だけとなった。これ以上民を混乱させてはならないと、残ったソレユ達は団結し決して戦を起こさないこと、そしてユエを大切にすることを神に誓う。

「誓約書を神殿に捧げ、当時のソレユ達は神に祈った。残念ながら神は現れなかったが、巫《み》女《こ》が神託を受けたのだ。『魔術師の手で、別の世界から番となるユエを呼び寄せよ』と」

以来、ソレユは番を持つ年齢になると、子孫を残すために異世界から番を呼び寄せることがしきたりとなった。

「でももう三百年も経ったのに……その神様は、ユエが生まれることを、まだ許してはくれないんですか？」

「神が現れたのも神託を得られたのも、それきりだ。ソレユの数も増えてはいない」

つまり社会を維持する最低限の数に抑えられているのだと、エリクが続ける。

「何も知らない異世界のユエを呼び寄せることを、理不尽だと思うか？」

「いきなり召喚されて驚いたけど。別に嫌だとかは思ってないです」

家族や番を残してきたとなれば話は別だろうけれど、少なくとも自分は、この世界での待遇に不満はない。

「……それに神様って、そういうとこありますし」

答えると、今度はエリクが驚いたように目を見開く。

「僕の世界にも神様はいるけど、何ていうか良い面も悪い面もあったりしますし。いい神様だとしても、怒らせると怖いとか、いろんな言い伝えがあったりするんです。人間からしたら理不尽でも、神様的には道理が通ってるんじゃないかな？　……だからこっちの神様も悪気があって、他の世界から召喚するのを許可したわけじゃないと思うんですよね」

別に信仰心があるわけではなく、単に小説などで得た知識で自分なりに解釈したことを伝える。

まさかそんな答えが返ってくるとは思っていなかったらしく、エリクは感心したように頷いている。

「優羽は考え方が柔軟なのだな」

「神様も話し合いができればいいのに。落としどころが見つからない、みたいな感じなんだと思います。滅茶苦茶怒ったから、なんか気まずくて出てこれないとか？　ほら、立場が上の人が怒っちゃうと、許すタイミングがわからなくて拗《こじ》れたりするし」

何故か気まずそうに視線を泳がせるエリクの様子が気になったが、問いかける前に邪魔が入る。

「優羽君、お薬の時間だよー」

入ってきたのは、シグルドだった。キラキラと光る水の入ったグラスを片手に優羽が座る側まで来ると、目の前に差し出す。

「薬？」

「こちらの世界に体を馴染《なじ》ませるために必要なんだ。ほら、早く飲んで」

そう説明を受けて、優羽は素直にグラス受け取り水を飲み干す。

召喚された直後に飲んだ水と味は似ており、特に不快感もない。だがエリクは、不機嫌そうにシグルドを睨《にら》んでいる。

「まだ必要なのか？」

「だって、優羽君は来たばかりだからね。念のためだよ」

エリクは何か言いたげにしてたが、眉間《みけん》に皺《しわ》を寄せて口を噤《つぐ》む。

「……なんか、眠くなってきた」

「リラックス効果のある魔術も入れてあるからね。体を馴染ませるには、休むことが一番なんだよ」

急激に襲ってきた睡魔に抗《あらが》えず傾いだ体を、エリクが支えてベッドに横たえてくれる。その大きな手から伝わる温《ぬく》もりと優しさに、優羽は自然と微笑んだ。

「……エリク……」

「何かあれば呼びなさい。どこに居ようと、私は必ず駆けつけるから」

「うん……」

頭を撫でられると、酷く安心する。

ずっと前にも、こんな風に誰かが撫でてくれたような気がするけれど思い出せない。

――父さん？　違う……夢の中で、誰かが……。

何か思い出しかけたけれど、はっきりとした形になる前に優羽は眠りに落ちた。


優羽が異世界に召喚されてから、十日が過ぎた。

――なんだかややこしい世界みたいだから、陰謀とかに巻き込まれるんじゃないかと思ってたけど。割と普通だな。

正式な番になるまでは別々の部屋で過ごすのがしきたりとのことで、優羽は与えられた部屋でのんびりと過ごしている。

エリクの番として召喚された優羽は、『王妃教育』を受けることになるとラウラから説明され身構えた。

厳しい指導が待っていると気を引き締めたのだけれど、蓋を開けてみれば作法の指南役として選ばれた貴族とお茶をしたり、庭を散策して花の名前を覚える程度で拍子抜けしてしまう。

「まずはこちらの世界に慣れていただくことが優先だと、王からのご命令です」

「それにしたって、こんなにのんびりしてていいの？」

勉強は正直嫌だけれど、日々を気ままに過ごすだけというのも居心地が悪い。

今日も優羽は午後から貴族や女官に囲まれ、こうしてのんびりとお茶を楽しんでいる。

「お茶は社交で必要ですから、これも勉強ですよ。こちらは南方から取り寄せた茶葉でございます」

エトの貴族に勧められるまま、優羽はカップに口をつける。

「美味しい」

「お口に合ってようございました」

「王は優羽様が気分良く過ごされることを一番に望んでいますからね」

——つまり全部、エリクの計らいってことなのか。

『運命の番』と言うだけあって、彼は優羽に対して過剰なまでに心配りをしてくれているようだ。

そしてエリクだけでなく、ラウラや女官。そして貴族達も、優羽を大切にしてくれているとわかる。

王の命令だからという理由ではなく、心から優羽を慕ってくれている。

こんな純粋な好意を向けられたのは、初めてのことで正直戸惑いもある。

穿《うが》った見方をすれば、自分は跡継ぎを産む大切なユエだから、皆が色々と心配りをしてくれるのも当然だろう。

あるいは王妃の機嫌を取れれば、何かしらの利益を得られると思っての行動かもしれない。

だがそんな裏があるとは感じられないほどに、この世界の住人達は善意に満ちていると優羽は気が付いた。

「驚きますよね。私もこちらに呼ばれて、最初の頃は何かされるんじゃないかって怯えてましたから」

隣に座るラウラが、優羽の表情から察したようで小さく微笑む。

「こちらの世界は、気質がお優しい方ばかりなんです。特にユエに対しては、殆どの方が気遣ってくださいます」

なんとなく言葉に引っかかりを感じたけれど、その違和感がなんなのか摑めない。

「ユエの皆様は、国の宝ですからね。もちろん、理由はそれだけではございませんけれど」

「可愛《かわい》らしくて、お優しくて。慈悲深いユエの皆様を見習うようにと、子どもの頃から教わってきました」

「可愛いとか慈悲深いとか、そんなことないよ……」

褒め殺しのような言葉に、優羽は慌てて首を横に振る。

「我らエトにとって、ユエの方々はソレユとは別の意味で特別なのです」

「凄惨な争いを止めたのは、優れたソレユではなく弱き者とされていたユエ。以来私どもは、ユエに特別な思いを持っているのです」

一番年上の貴族が、そう言って優羽に頭を下げる。するとその場に居た全員が、貴族に倣った。

「みなさんの気持ちはよく伝わったから、顔を上げてよ！　——ほら、折角のお茶が冷めちゃうよ」

「お気遣い、ありがとうございます。優羽様」

——気遣われてるのは、こっちだと思うけど……。

自分が思っているよりも、彼らがユエを大切にしているのは伝わってくる。

だが余り持ち上げられすぎても、気恥ずかしくなるだけだ。

「あのさ、気になってたんだけど。皆さんは虎とか兎の耳はないんだね」

この茶会に参加している貴族は五人。手伝いをしている女官を合わせて十人程度だが、獣の耳が出ているのは年長の女性貴族一人だけだ。

その彼女も、生えているのは真っ白い猫の耳だけで尾は出ていない。

「獣の形は、魔力の証でもあるのです。こちらの世界の者はみな獣の血が流れておりますが、魔力が強くなければ現れないのです」

年長の女性貴族が若い女官を手招き、何ごとかを告げる。すると女官が目を瞑り、両手を握りしめた。

すると羊のような角が一瞬頭に現れたが、数秒で消えてしまう。

「え、今のって……?」

「魔力を集中すれば体の表に出すことができますが、殆どのエトは今ので精一杯。逆に王族や一部の貴族、魔術師は魔力が溢《あふ》れているので常に獣の形が現れているのですよ」

「じゃあエリクもシグルドさんみたいに、魔法が使えるんだ」

「いえ、魔術師の魔力と、王族の力は少し違っておりまして……別の世界からいらした方に、どう説明すればよいか……」

困っている様子からして、こんなことを聞くユエは珍しいようだ。

「今度シグルド様にお願いして説明していただきますから、ご安心ください。今はお茶を楽しみましょう」

ラウラが助け船を出し、再び場が和《なご》む。

「ありがとうラウラ」

「いいえ。好奇心旺盛なのは良いことだと、シグルド様も仰ってましたから。実は私も知りたかったのですけど、なんとなく聞けてなくて。だから、ありがとうございます」

控えめなラウラの性格からして、疑問を感じてもあえて問うことはなかったのだろう。ある意味、『異世界へ召喚される漫画』など予備知識のあった優羽だからこそ、好奇心丸出しで聞ける強みがある。

「なにか気になることがあれば、遠慮せず聞いてくださいね。お答えできる範囲でなら、説明いたしますから」

「ありがとう。お言葉に甘えてもう一つあるんだけど。ここが離宮って本当なの？」

召喚されて数日は部屋で過ごすようにシグルドから言われていたので、自由に歩き回る許可が出てからはあちこち見て回った。

優羽の質問に貴族達が顔を見合わせてから、一斉に一方を指さす。つられて視線を向けると、生け垣を通り越した遙か遠方に、群青の塔が見えた。

「あちらが、いずれ優羽様がお住まいになるお城ですよ。ここからですと、馬車で一時間ほどでしょうか。離宮は都の端ですし」

「えっ」

余りに城が巨大すぎて、遠近感が摑めない。

「こちらは休暇に使う、離宮の一つですよ」

「休暇用なのに、こんな豪華なんだ！」

まだ部屋の全てを探検できていないし、何より全ての部屋が豪華な美術品や調度品で埋め尽くされている。

王都の端の方に作られたこの離宮は、数代前の王が家族とともに過ごすためのものだったらしい。

こんな規模の離宮がまだ幾つもあり、更には巨大な城だ。

もう少し小さい規模の国だと勝手に思い込んでいたが、エリクの治める国は相当な力を持っているのだろうと想像がつく。

「立派な国なんだね」

「ええ、ですが戦の前はもっと栄えていたと文献には残されております。王はその豊かな時代を取り戻したいと、常日頃から心を砕いておられるのですよ」

三百年前の繁栄がどれだけのものだったか、優羽には想像もつかない。しかし大戦とユエの消失という打撃を受け、当時からすれば比べものにならないほど衰退したのだろう。

「エリクにも聞いたんだけどさ。神様に謝って、許してもらえないのかな？」

「そう簡単なことではないようです」

神様は存在するけど、所謂『神の言葉を聞く巫女』の家系は途絶えてしまったらしい。

何より肝心の神様も、三百年前に一度現れただけ。

祈ることはできても意思疎通は不可能なのだと、貴族が教えてくれる。

「我らは祈り続けておりますが、王が仰ったとおり大戦以来ユエは生まれておりません」

「私達エトにとって、ソレユはなくてはならない存在なのです」

「何か至らぬことがありましたら、遠慮なく仰ってください」

「至らないとか、全然そんなこと思ってないよ。こうしてみんな優しくしてくれるし」

礼儀作法を憶えるのは、ちょっと大変そうだけど。と優羽が続けると、皆もくすりと笑う。

「すぐに慣れますよ。田舎《いなか》育ちの私でも、こうして側仕えとして認められるまでに育てて頂けたのですから」

ラウラの気遣いが有り難い。

「今度、エリクもお茶会に呼びたいんだ。いい？」

「それは……」

何故か貴族達が言葉を濁す。

「なんか、まずいこと言っちゃった？　もしかして、エリクはお城に帰っちゃったとか？」

「いいえ、王は優羽様の御側に居ることを選ばれました」

一部の大臣達は城へ戻るように説得したようなのだが、エリクは『大切な番と離れるわけにはいかない』とそれを拒絶したのだと言う。すると大臣達は、さして緊急でもない仕事を持ち込んでくるようになり、エリクは執務室と謁見の間を行き来する日々が続いているようだ。

明らかに嫌がらせだと、女官達が不満を口にする。

「僕がお城に行くんじゃ駄目なの？」

「それが……優羽様の召喚の儀式に関して、何やら紛糾しているようでして」

優羽を召喚するに当たって、エリクが儀式の件で格式を重んじる大臣達と揉めていたのは公然の噂《うわさ》となっているようだった。

しかし儀式自体が秘術であることから、どうして揉めたのか詳しい内容まではわからないそうだ。

結局、優羽は城ではなく離宮で召喚されることとなったが、これも異例のことらしい。

「もしかして、僕が番になることを大臣達は反対してるとか？」

「それはあり得ません！」

全員が口を揃《そろ》えて否定するので、優羽は気圧《けお》されてしまう。

「儀式に関しては、細かなしきたりがありまして、それを無視したことで王と大臣達の関係が拗れてしまったと言いますか……」

「複雑なのですよ。お互いに話し合えばよいだけですのに」

ため息を吐く彼女たちを見回し、優羽は平和な国家でもそれなりにトラブルはあるのだなと理解する。

だがそんな中、エリクは政務の合間を縫って自分の元を訪ねて来てくれていたのだ。

さらに優羽は、衝撃的な事実を知らされる。

「揉めている原因の一つに、継承問題がございます。エリク様は王位を継いでおられますが、正式な承認はなされておりません」

「我が国では、番を持って初めて王としての儀式が全て終わるのです」

「それって後継者争いになってるってこと？」

「いえ、エリク様のお父上……つまり先代の王は、正式な儀式を経て王位をお譲りになりましたので問題ありません。ですが、王は番を娶《めと》って初めて国内外へ『継承した』とお触れが出せるのです」

つまりは微妙な立場であるのに変わりはない。

——だったら早くその儀式ってのをするべきなんじゃないか？　エリクは僕を番として迎えたがっていたと言われたけど……結局、なにもしなかったし。

「儀式ってさ、つまり僕の項を噛むんだよね？」

「ええ、そう聞いております」

尋ねると、ラウラが頷く。

なら噛んでしまえば、もめごと云々《うんぬん》は有耶無耶《うやむや》にできるのではと考えるが、エリクの態度を思い出す。

運命の番は強く惹かれ合うはずなのに、彼は優羽の項に触れようともしなかった。

「エリクはその……乗り気じゃないみたいだけど……本当は、別に好きな人がいるとか……」

「それもあり得ません！　優羽様のお心を尊重しているだけですよ」

「王は旧来の召喚に関しても、色々と思うところがあったようなので……儀式も簡素なものにしようと仰ってましたし」

口々に否定する貴族達に、優羽はただ領くことしかできない。

「理由はわかりませんが、王はお優しい方ですし。きっと深いお考えがあるのでしょう」

「それでかな……」

話を聞くうちに、優羽はゴタゴタの原因の一つに思い当たる。

「何かあったのですか？」

「『立場が上の人が怒っちゃうと、許すタイミングがわからなくて拗れたりする』って言っちゃって……なんかエリク、神妙な顔してて」

すると周囲から、くすくすと笑い声が起こる。それは明らかに、優羽に対して好意的な感情を持った上での笑いだった。

「王は優羽様を、ことのほか大切に想っておいでです。優羽様は王の『運命の番』ですから」

「大切になさりたいのですよ。確かに儀式は大切ですが、昔から続く決まりごとばかりで立ち会いに不満を持つ魔術師もいるという噂を聞いたことがあります」

「優羽様が番になることは決まっているのですから、ゆるりとお待ちになれば良いのです」

嬉しそうに頷き合うラウラと貴族達の言葉に、優羽はドキリとする。

――そうだよな、いずれはエリクと番になるんだ……でも番の儀式って……終わったら、セックスするってこと？

当たり前のことなのに、意識すると顔が熱くなる。

性的な知識は学校の授業で習ったが、それはベータ向けのものだ。所謂『アルファとオメガ』が行うセックスに関しては、基本的には習わない。

元いた世界では、アルファもオメガも少数であるし何よりヒート自体が一般的ではないのだ。

なので番になって初めて、実地で知る場合が多い。だが当然ながら、自分の性的事情をおっぴらに話すオメガがいるはずもなく、優羽が知るのは都市伝説並みの伝聞だけだ。

――ラウラなら、ヒートとかどうなるのか知ってるかな？　さりげなく聞いてみよう……。

お茶を飲んで気持ちを落ち着けた優羽だが、思わぬ邪魔が入る。

「失礼致します。ラウラ様――」

一人の女官がラウラに近づき、何ごとかを耳打ちした。するとラウラが焦ったように席を立つ。

「申し訳ございません。用事があったのを忘れておりました」

「気にしないで」

普段おっとりとしたラウラが珍しく顔色を変えたので、優羽は訝《いぶか》しげに首を傾げた。

会釈をして門の方に駆けていくラウラを見送ると、斜め向かいに座る貴族がこそりと囁く。

「ラウラさんの婚約者の、コンラッド様がお見えになったのですよ」

「それで急いでたんだね」

なんでもラウラの婚約者は、エリクの従兄《いとこ》なのだという。三年前に召喚されたラウラだが、まだ幼かったことと王妃となる優羽の側仕えとしての教育が優先され、婚約状態が続いているらしい。

「つまり僕が結婚しないと、ラウラも結婚できないってこと？　なんか申し訳ないな」

「しきたりでございますから、優羽様が心を痛めることはございませんよ。それにラウラ様はご自分の結婚よりも、優羽様のお世話ができる日を楽しみに待っていたのですから」

これは召喚されたユエの中でも、特別に選ばれた者だけが携われるとても名誉な仕事だと説明される。

けれど自分のせいで三年も待たされていると聞けば、それなりに罪悪感を感じる。これまで番を見つけた知り合いは、みな半年も経たずに結婚していた。

——もめごとを何とかして、早く結婚すればいいだけなんだろうけど。

相手はずっと探していた『運命の番』だ。なのにいざ彼とセックスをすると考えると、体が竦んでしまう。

お茶会が終わり部屋に戻る途中、優羽は中庭で話をしているラウラと婚約者を目撃した。

——ラウラだ。……じゃあ、あの人が、番になるコンラッド？

東屋《あずまや》の陰に隠れるようにして立つ二人は、逢《あ》い引きをする恋人達そのものだ。王の従兄とは言え、王妃となる優羽の住む離宮で堂々と会うのは、やはり憚《はばか》られるのだろうと想像する。

やや俯《うつむ》き加減のラウラは、肩口まで伸ばした金髪が顔を隠しているので表情がよくわからない。片や彼の正面で何か喋っているコンラッドは、いかにも王族の風格漂う男だ。

エリクの従兄だと言われれば、十分に納得できる。

彼の頭に生える虎の耳とマントから覗く尾の色は、エリクのとは違い優羽の知る普通の虎と同じ黄色地に黒の縞《しま》模様だ。

「……？」

不意にラウラが顔を上げる。その頬に涙が伝っているのを見てしまい、優羽はこの場を立ち去った方が良いかと考えた。

けれどなんとなく胸騒ぎがして、木陰で息を潜める。

二人の話している声は聞こえないが、様子からして和やかな内容でないのは確かだ。一見するとお似合いの二人だけれど、ラウラに笑顔はないしコンラッドの笑顔も違和感がある。

コンラッドは一方的に何かを話し終えると、ラウラを気遣う素振りも見せず踵《きびす》を返し立ち去った。

——あの人、なんか嫌な感じだな。

あの目を優羽はよく知っている。オメガを子作りの相手としか見ていないアルファの目だ。

そういうアルファは少なからずいて、マッチングアプリを使うオメガのコミュニティでは『危険人物』として注意喚起がなされていた。

何より嫌だったのは、婚約者であるラウラに触れようともしない態度だ。

——ラウラは、あの人と番になって大丈夫なのかな。

不安に思いながら、優羽はラウラに気付かれないようそっとその場を離れた。


「優羽君に諭されたんだって？」

「…………」

「まさか早速、元老院との話し合いの席に着くとは思わなかったよ」

執務室に入ってくるなり大笑いするこの友人に、エリクは無言で頷く。

「やっぱりあの子は肝が据わってる。君の番でなければ、弟子《でし》に迎えたいくらいだ」

優羽の言葉で、エリクの頑なだった気持ちが動いたのは事実だ。しかし、そもそも自分でも元老院と断絶したかったわけではないから、背中を押してくれる何かが欲しかったというのもある。

「さすが、運命の番だよね」

「そうだな」

己の心の蟠《わだかま》りを見つめ直すことができたのは、優羽の言葉があったからだ。

「で、一回目はどうなったんだい？」

宮廷魔術師でも、王と元老院の会議にはそう簡単に出席は許されない。その議題が、たとえ召喚の儀式に関するものであってもだ。

王の番を召喚する際は、国中にお触れが出され民は儀式が終わるまで外出が許されない。そして肝心の儀式だが、元老院は勿論、大臣や貴族達が見届け人となって行われる。

魔術師が召喚したユエの項を、王はその場で噛むのだ。

「決裂した。いくら神聖な儀式だと言われても、私は納得できない」

王は国中で最も強いソレユだ。殆どのユエは顔を合わせた時点でヒートを起こす。たとえそうならなかったとしても、項を噛まれてしまえば同じこと。

あくまでも儀式なので、ユエの痴態はすぐに王が聖布で覆い隠すのだが、それでも『項を噛む』という神聖な行いを衆目に曝すのは納得いかない。

「何より優羽はヒートを経験していないのだぞ！　初めて迎える大切なヒートを、元老院の者どもに曝すなど正気の沙汰ではない！」

感情が高ぶり、エリクは机を拳で叩く。

そんなエリクを前にしても、シグルドは怯えた様子もない。

「まあまあ、落ち着いて。お互いの主張は、平行線で終わった訳か。彼らは王様じゃないから好き勝手言えるよね」

シグルドを含め、魔術師達は概《おおむ》ねエリクの方針に賛成している。大切なユエが誰の番か知らしめる意味で始まった儀式なので、今は形だけのものなのだ。

父から王位を継承し、あとは優羽を迎えるだけという段階になっても、元老院との折り合いはつかなかった。その揉めている真っ最中に、優羽の側で問題が発生したのである。

詳しい状況はわからなかったが、番の本能で呼ばなければとエリクは悟った。そしてシグルドに掛け合い、反則すれすれの儀式で優羽を召喚した。

というのが顚末《てんまつ》である。

立ち会いもなく離宮での召喚となれば、顔に泥を塗られたと騒ぐ大臣や貴族が出ても仕方がない。

未だ関係修復の目処《めど》は立たないが、唯一の救いは優羽を無事手元に迎えることができた点だ。

いざ迎えてみれば、やはり愛しいと思う。素直で明るく、物怖《ものお》じしない性格は鏡越しに見ていたとおりだった。最近では優羽に気持ちの余裕が出てきたのか、エリクと話す際にも砕けた口調が増えている。

――気を張らず過ごしてくれるようになったのは、良い傾向だ。

想像していた以上に、優羽はエリクの心を穏やかにする存在になっている。

しかし問題もある。余りに愛しすぎて、どうしていいのかわからないのだ。『運命の番』の全てを奪いたいと思うと同時に、ヒートを知らない天真爛漫《てんしんらんまん》な笑顔をずっと守りたいという気持ちがエリクを悩ませている。

「彼の身に危険が迫っていたと、優羽に伝えてはいないだろうな？」

「我が王に逆らうわけないだろう。全く過保護だねえ――記憶のこともそうだけど、優羽君を大切に思うなら早く噛んで番にしてしまえばいいのに」

そうすれば、儀式だ何だと騒ぐ者達も何も言えなくなると続けるシグルドに、エリクはため息を返す。

「運命の番だからと言って、無闇に奪っていいわけがない」

項を噛めば、ユエの体は変化する。番にはなるが、それが本心から望んだ状態かどうかはエリクにはわからない。

『運命の番』という立場に胡座《あぐら》をかいて、愛しい優羽の気持ちを蔑ろにしたくないのだ。こちらの都合で召喚したのだから、せめて気持ちは大切にしたい。

――惹かれ合うのは事実だが、本能と感情は別だ。

そしてもう一つの問題がある。

異世界からユエを連れてくる制度は仕方ないとしても、エリクとしては召喚された彼らの扱いに関してどうにも納得いかないことがあるのだ。

「まだ、飲ませるのか」

「そりゃそうさ」

当然といったふうに、シグルドが頷く。

「元々の性格だからか、こっちに馴染んでるけど油断は禁物だからね。薬自体はトラウマが少ない分、すぐに効くんじゃないかな」

「飲ませたくないのだがな」

「こればかりは、諦めてほしい。戻りたい気持ちが出てくる前に記憶を消してしまわないと、辛くなるのはあの子だよ」

ヴァロワ家が統治する以前は、手当たり次第に異世界からユエを攫《さら》ってきていた歴史がある。

三百年前の大戦では多くの民が死に絶え、ソレユの数も激減した。

戦が終わった直後はエトの統治する国も生まれたが、ほどなくそれらは滅んでしまった。

何が原因という訳でもなく、いつの間にか統治者が没落し人々は国を離れたと記録には残っている。

つまりは導き手であるソレユが存在しなければ、国は立ちゆかないのだ。

そしてソレユの後継者を産めるのは、ユエだけだ。

神から召喚の許可を得た魔術師達は、王族に命じられるまま健康なユエを召喚した。

当然だが、いきなり異世界に召喚されたユエは混乱する。更に中には既に番を持っていたユエもおり、彼らは新たな番を拒否した。

そこで考え出されたのが、『記憶を消す魔術』である。一度に全てを消すと精神的な反動が大きいとわかり、水や食物に混ぜて徐々に消してゆくことが主流となり今に至る。

これは故郷を懐かしみ、元の世界に戻りたいと泣き暮れるユエを宥める方法としても有効だった。

「蛮行の歴史が残した術を使う必要はないだろう」

「そう言われてもねえ……それに今は、迫害されたり居場所を失ったユエを選んで召喚しているじゃないか。彼らは故郷での出来事を思い出して不安定になったり、迫害の記憶が消えず怯える者も多いからね。必要だと認めてほしいな」

「……すまない。お前を責めても仕方のないことだった」

「いいや、君も疲れているだろう。気にしてないよ」

兎耳をへたらせて首を横に振るシグルドに、エリクは友の心遣いを感じ素直に非を認める。

しかしいくら適性のある者を選び召喚しているとはいえ、人さらい同然であることに変わりはない。

記憶に関しても、全て忘れさせることが本当に良いことなのかエリクには判断がつかない。

「ところで、ラウラの様子はどうなのだ？」

優羽が来たことで異世界の召喚者同士で共鳴が起こり、記憶が戻ることがあるのは以前から指摘されていた。

特にラウラは元の世界では、ユエとしての本能を隠して生きるしかなかった。そんな過酷な記憶を持つ者は、特に『揺り戻し』が起こりやすい。

「優羽君とは仲良くしてるみたいだから安心して。ただ記憶に関しては難しいね。ラウラちゃんは心の傷が深すぎる。また記憶を消す薬を飲んでもらった方がいいかもね」

ラウラのような召喚者は、記憶を消してやった方が幸せなのは理解している。

だが優羽の場合はどうだろう？

どうすればこの矛盾を解消できるのか物心ついた頃から、ずっと考え続けていた。

いっそ自分だけでも番を持たずに過ごそうかと、子どもながらに思い詰めたこともある。

けれどエリクは、シグルドの祖父がこっそり見せてくれた異世界の優羽に、一目惚れしてしまった。

——あの日のことは、今でもよく憶えている。

六歳の誕生日。

エリクは別の世界への好奇心が抑えられず、教育係でもあったシグルドの祖父に頼み込んで鏡越しに異世界を覗き見た。

番を探そうと思ったのではなく、単純に見知らぬ世界を知りたいという子どもらしい好奇心だけだった。

しかしこちらと異世界とを繋《つな》ぐ鏡に映し出されたのは、一人の赤子。魔術の施された鏡越しであっても、彼が自分の『運命の番』だとエリクはすぐに気が付く。

成人してから王妃となる番の選定に入るのが本来だが、王太子であるエリクが偶然運命の番である優羽を見つけたのを機に、定期的な監視が行われることになった。

異世界の監視は魔術師のみが許される行為だ。しかしエリクに甘かったシグルドの祖父は、乞われるまま何度も優羽の姿を覗き見することを許した。

週に一度、数分程度の一方的な逢瀬《おうせ》。香りも声すらもわからず、優羽は自分を認識すらしない。それでもエリクは、愛しい番の成長を見守り続けた。

両親を失っても健気《けなげ》に生きる優羽を愛しく思い、時に彼の立場に寄り添い涙を流して、聞こえないと知りつつ励ましの言葉をかけた。

優羽の住む世界は、こちらとは大分違っており比較的ユエには生きやすい世界のように思えた。しかし疑問に感じる点も多々あった。そして優羽も、その生きづらさを隠し必死に藻《も》掻《が》いていた。

ヒートに悩まされない生活が、当たり前とされる世界。

だがそれは、『運命の番』を探すには、余りに困難な社会と言えた。

次第にエリクは、優羽が『運命の番』を探す方法に悩んでいると気付く。

そして愛しいと思う気持ちは日に日に膨らむ。声は聞こえなくても、鏡を覗いていれば、優羽の周囲の状況も理解できるようになった。

そして適齢期になった優羽に、身の危険が迫っていることを偶然知ってしまう。

「あのようなことがなければ、まだ私は召喚を迷っていただろう……」

「結果よかったと、僕は思うよ。それに考えてもみなよ。元の世界に帰りたいなんて言われたとして、あの状況に戻せる?」

シグルドの言葉に、エリクは何も返せない。

「それとね、君をこれ以上煩わしいことに巻き込みたくなくて控えてたんだけどさ。ついでだから伝えておくよ……最近妙な噂が宮廷内に広がっている」

「詳しく話してくれ」

「優羽君が予定外の方法で呼ばれた件で、彼が既に番のいる身ではないのかと疑われている」

番のいるユエを召喚することは、王でも許されない行為だ。

「無論、そんなことはないと証明はしたさ。しかし明らかに悪意を持った流言飛語を誰が言い出したのか突き止める必要がある」

神には『国家間の争いごとはしない』と、全ての民が誓いを立てた。王位継承に関しても少々のもめごとは別として、国家の根底を揺るがすような行いは禁じられている。

「探りを入れてくれるか?」

「勿論だよ」

権力争いなど無縁だが、ここ数年は雲行きが怪しくなっていると感じていた。

――三百年も経てば、人の心は変わるのか……。

次に大きな争いが起これば、今度こそ神は人を見限るだろう。

そうならないためにも、王としてできる限りのことをしなくてはならない。

「まだ暫くは、忙しくなるな」

呟いて、窓の外に視線を向ける。眼下の庭からは、番の明るい声が響いていた。

エリクが悩んでいたその頃、優羽は離宮での平和な生活を満喫していた。ラウラや女官達とも打ち解けて、すっかりこの異世界に馴染んでいる。

「やあ、元気かい？」

「シグルドさん」

お茶の支度《したく》をしていたラウラと女官達が手を止めて、シグルドに会釈をする。

政務で忙しいエリクに代わり、彼は日に一度は必ず優羽の様子を見に来るのだ。

「……エリクは、まだ仕事ですか？」

「ごめんね。調整はしてるんだけど、立て込んでてね。近いうちに時間を取るから、もう少し我慢して」

「いえ、ちょっと気になっただけですから。大丈夫です」

本当は会って話をしたいけれど、我《わ》が儘《まま》を言うつもりはない。

「優羽君は本当に、聞き分けがいいね。そうだ、ご褒美をあげよう」

そう言ってシグルドが杖《つえ》を振ると、天井から輝く花びらが落ちてくる。それらは手に取ると、淡雪のように溶けて消えた。

「すごい！　今のも魔術？」

「お遊びみたいなものだよ。優羽君、ラウラちゃんもどうぞ」

シグルドがラウラに杖を向けると、二人の頭に淡い輝きを放つ花冠が現れた。
「僕もできないかな？」
「勉強してみる？　魔術に興味を持ってくれた子は初めてだよ！　一族から弟子を取れって
せっつかれててさ。異世界から来たユエに魔術を教えてみたいって思ってたから、優羽君さ
えよければ弟子第一号として歓迎するよ」
気さくなこの魔術師は、来る度に何かしらの魔術を披露してくれる。
彼にとっては他愛ない手遊びらしいが、優羽からすれば本物の魔術に興味津々だ。
「勝手に決めてはいけませんよ。優羽様が困っているじゃないですか。それにお仕事はどう
したんですか？」
「そう堅いこと言わないでよラウラちゃん。優羽君は水の魔術と相性が良さそうだね。凪も
いいかな……」
早速、魔術適性を調べようとシグルドが頷き、『用意してくる』と言い残し部屋を出て行く。
「僕が余計なこと言ったからだよね。ごめん」
「優羽様が謝ることではございません。シグルド様は魔術のこととなると、周りが見えなく
なる性分なんです」
ため息を吐くラウラに、優羽はふと思っていたことを尋ねてみた。
「ラウラもシグルドさんに召喚されたんだよね？　ラウラが住んでた世界って、どんなとこ

ろだったの？」

異世界は一つではなく、無数に存在すると説明はされていた。しかし他の世界がどのようなものなのか、詳しいことは全くわからない。

純粋な好奇心で問いかけたのだけれど、それまで笑顔だったラウラが顔を曇らせた。

「私が召喚されたのは三年前のことなので、細かいことはもう憶えていなくて……両親の名も朧気《おぼろげ》なんです」

苦しげな表情で言い淀《よど》んだラウラに、優羽ははっとする。

「言いたくないなら、無理しないで」

「いいえ、大丈夫です。ただお聞き苦しい内容かもしれません——」

一呼吸置いてから、ラウラは静かに語り出す。ラウラの生まれた世界は、生活環境がこの世界に近いものだったらしい。

ただ住んでいた村は辺境の農村で、痩せた土地は作物が育ちにくく飢饉《ききん》に見舞われることも珍しくはなかった。

「大変だったんだね」

「ええ、ですが村人は皆で助け合って暮らしてました。仲はよかったと思います……私が生き残れたのも、村人が団結してくださったお陰ですから」

「どういうこと？」

「私の生まれた国では、男のユエは災いをもたらす存在とされていました」

「災いって？」

「ユエは子を産むことが仕事とされる国でした。けれど男性のユエは子作りに適さないと言い伝えられていて、ヒートでソレユを惑わす存在として忌み嫌われていたのです」

余りに酷い話に、優羽は絶句する。

「見つかれば殺されると知りながら、村の皆は僕をエトとして匿ってくれていました。幸いヒートは、栄養不足のせいで遅れていたので誤魔化せていたのですが――」

ラウラが十四歳の時、国土の大部分は酷い飢饉に陥ったが、それでも食糧はあるところにはあった。政府はその蓄えで民の窮状を救うのではなく、あろうことか男子のユエを炙り出すことに利用した。つまり、男子のユエを見つけた者には褒美として、一族が一年充分に暮らせるほどの食糧を与えるとのお触れを出したのだ。

それまでは見て見ぬ振りを決め込んでいた隣村の住人も飢餓に耐えかね、ラウラの存在を役人に密告してしまった。

ユエの存在を知りながら隠すのは、村人全員が死刑となる大罪――。なのに、家族も村の皆も、ラウラ一人を差し出すような非道な真似はしない、と笑って匿ってくれていたのだ。

家族や村の皆を守る為に、ラウラは一人で国を出た。けれど辺境の荒れ地には食べ物も水もなく、ほどなく行き倒れてしまう。

「……死にかけていたところを、シグルド様に救って頂いたのです」

召喚されたラウラは、間一髪で一命を取り留めた。けれど生命の危機を感じた体は、種の存続を優先しヒートに陥っていたとラウラが続ける。

「それでどうしたの？」

「シグルド様が、ヒートの鎮静魔術をかけてくださったんです」

体力がないのにヒートが続けば、弱った体はあっという間に消耗して死に至る。

そんな状態のラウラを救ってくれたのが、シグルドだった。

「ボロボロで死にかけていた私を、献身的に看病してくださったんです。お忙しいのに、回復するまでずっと側についていてくださって……」

シグルドの名を出すとき、ラウラの表情が和らぐことに優羽は気付く。

まるで番のような二人だと思うが、ラウラにはあの印象最悪な婚約者がいるはずだ。

「こちらの事情がわかるようになってから、召喚されるのは弱い立場にいるユエなのだと教えられました。前の世界での生活とは比べものにならないほど、皆様に本当に良くして頂いてます」

ラウラが周囲の女官や貴族達を見回し、お礼を述べる。それに対して、皆は優しい笑みを向ける。

彼らはソレユを産むユエだからという理由だけでなく、心からラウラを慈しみ大切に想っているのだと優羽にも伝わる。

歴史を考えれば、ユエを大切にする文化が根付いているのはよくわかった。

ラウラ曰《いわ》く、エリクの祖父の代から特に召喚に関する法は厳しくなったらしい。異世界のユエの置かれた状況をできる限り精査し、不当な扱いを受けているユエを優先して召喚するのだという。

――だとしたら、僕はどうして呼ばれたんだろう？

命の危険があったわけではないし、ラウラのような迫害を受けてもいない。

『運命の番』を探していたのは事実だけれど、他に切羽詰まった状況ではなかった。

とすれば、どうして自分が急に召喚されたのかという疑問が出てくる。

儀式の準備で揉めていたとエリクが言っていたから、召喚するのなら全てが整ってからの方が都合が良かったはずだ。

「あのさ、僕は向こうの世界で特に不自由はなかったんだ。エリクは『運命の番』だから召喚したって言ってたけど……まだ噛まれてなくて……」

不安を理解してくれたのか、ラウラが少し考えてから口を開く。

「こちらの世界のソレユは、高位の方ほど理性が強いようです。王が優羽様を噛まないのは、なにか理由があるのではないですか？」

「そうなのかな……あ、ラウラの番って、コンラッドさんだよね？　婚約中って聞いたけど、もう噛んでもらったんだよね？　その、どんな感じ？　やっぱり痛い？」

「いえ、私もまだなのです」

王妃の世話係であるラウラは、優羽と王が結婚の儀式を終えた後に婚約者と番の儀式を行うと聞いてた。しかし項を噛まれていないのは意外だった。

婚約状態でも番になると決まっているなら、スキンシップを多くして番の精神を安定させるのは優羽の住んでいた世界でも常識だ。

「え、噛まれてないうえに別々に暮らしてるってことだよね？　不安にならない？」

元の世界でも、婚約中の番は一緒に生活するのが一般的だった。

けれどコンラッドを見かけたのは、あの一度きりだ。

「あの方は王の従兄というお立場ですから、ご公務でお忙しいですすし……私もユエとしての本能がそれほど強くは出ませんので、辛くはなりません……」

笑って誤魔化すラウラだが、感情を抑えているのは感じ取れる。

――前にちょっと見たときも、あの人なんか嫌な感じしたんだよな。

けれど仮にも相手はラウラの婚約者だ。迂闊《うかつ》なことは言えない。

「例えばなんだけど、婚約者として召喚されてもお互いに性格が合わないとかって、あったりしないのかな？」

マッチングアプリでも条件はいいのに、実際会ってみると会話が弾まず食事をしてそれきり会わなくなるなんてことはよくあった。

「でさ……本当に例えばなんだけど。番を変えたりとか、できないのかなって思ったり」

優羽の疑問にラウラは首を横に振る。

「全ては、ソレユ様方のお決めになることですから。私は従うだけです」

「でも」

「こちらの世界に呼び寄せて頂いただけで、感謝しています。これ以上のことは、なにも望みません」

どこか諦めたようなラウラに、優羽は複雑な気持ちになった。

――今度エリクに、番の相手を変えることができるか聞いてみよう。

ラウラが元いた世界では、男のユエは価値のない存在とみなされていた。恐らくラウラはまだ自分の意思で番を決めるというのがどういうことか、摑めないでいるのだろう。

「ラウラちゃん、お願いがあるんだけど」

バタバタと足音を立てて、シグルドが駆け込んでくる。その瞬間、花の蕾《つぼみ》が綻《ほころ》ぶように、ラウラが満面の笑みになったのを優羽は見逃さなかった。

――やっぱりラウラは、シグルドさんが好きなんだ！

この世界、この国での『婚約』がどのくらいの強制力があるのかわからないけれど、ともかくラウラの気持ちを応援しようと優羽は密かに決意する。

「魔力を測る魔術道具が見つからなかったんですね？」

「よくわかったね！」

「シグルド様がお願いごとをしてくるときは、捜し物か掃除のどちらかですから」

素っ気なく答えているが、二人の会話からは親密な間柄であるとわかる。

「いやあ、ラウラちゃん器用で気が利くから、つい頼っちゃうんだよね」

「全く、ご自分で捜してください。ええと、あの計りは確か倉庫の棚の二段目に――」

シグルドの兎耳が左右に揺れている。どうやら機嫌がいいようだ。そんなシグルドにラウラは文句を言いつつも丁寧に説明をしている。

こうしていると、二人は長年連れ添った番としか思えない。

――エリクと僕は運命の番の筈《はず》なのに、全然違う。

出会ってからエリクは何度も『運命の番』だと言ってくれたし、彼が異世界に召喚された自分を気遣ってくれているのはよくわかっている。

けれど、何処か一線を引かれているような、そんな寂しさを優羽は感じていた。

ヒート経験もないユエは、ソレユからすると魅力を感じないのだろうか。そんなことまで考えてしまう。

「優羽様？　顔色が優れないようですが、いかがされましたか？」

「大丈夫だよ、ラウラ。ちょっと疲れたみたい。僕のことは気にしないで、シグルドさんと倉庫に行ってきなよ」

「……ですが……」

躊躇するラウラの背中をそっと押して、優羽は微笑む。

このまま二人を見ていたら、きっと悲しい気持ちが膨らむだけだ。

「シグルドさん、魔術の勉強はまた今度でいいですか？」

「ああ、かまわないよ。優羽君がその気になったら、いつでも声をかけてね。さあラウラちゃん、行こうか」

「シグルド様っ」

手を繋がれた途端、頬を真っ赤にして狼狽《うろた》えるラウラを、優羽は少しだけ羨ましく思う。

自分もいつか、エリクとあんな風に触れ合える日が来るのだろうか。

不安な気持ちは澱《おり》のように、少しずつ優羽の心に溜《た》まっていった。


「起きているか、優羽？」

書状の山を片付けようやくエリクが政務から解放されたのは、夜も更けてからのことだった。

優羽の私室の前で少し待つと、ゆっくりと扉が開く。

「……エリク」

「シグルドから顔色が優れないようだと報告を受けてね。本当はもっと早く来るつもりだったのだが」

と、ここまで言って、エリクは番が休んでいるという考えにも至らず押しかけてしまった己の失態に気付く。

「すまない。また日を改めよう」

「どうして？　折角来てくれたんだから、少し話をしようよ」

控えめに、けれど引き留めるつもりらしく優羽がエリクの上着をそっと掴む。その肩は微かに震えているようにも見えた。

召喚されて日が浅いユエは、環境の変化について行けず体調を崩す者も多い。どうするべきか迷ったが、番の願いを拒む方が精神的に良くないだろうと判断して、エリクは部屋に入る。

「お茶の淹れ方、ラウラから教わったんだ。座って待ってて」

夜着のままお茶の準備を始める優羽に促され、エリクはソファに腰を下ろす。

ほどなく茶葉の良い香りが室内に広がり、優羽が二人分のカップを持って戻ってきた。

「シグルドさんがお湯が冷めないようにって、ポットに魔術をかけてくれたんだ。便利だよね。あ、お仕事遅くまでお疲れ様でした」

「ありがとう。君の言葉で疲れが吹き飛ぶよ」

「大げさすぎ」

ねぎらいの言葉だけで、心が柔らかく満たされる。

隣に座った優羽の頭を撫でると、気恥ずかしそうに微笑むので、つられてエリクも笑ってしまう。

お茶には普段エリクが入れない甘い蜜が加えられていて、飲み干すと疲れ切った体に気力が戻ってくる。

「……甘いものあまり好きじゃないって聞いたけど、疲れてるときは取った方がいいよ」

「優羽は物知りだな」

きっと異世界の知識なのだろう。興味深いと思ったが、優羽の住んでいた世界の話より、まずは彼自身の現状を聞くのが先だ。

「辛いことがあるのなら、全て話してほしい」

先ほどから、優羽はエリクと視線を合わせようとしない。不安げにしている優羽に尾を握らせると、幼子のようにきゅっと握りしめてくる。

暫く好きにさせていると、優羽がぽつぽつと話し始めた。

「——僕とエリクは、本当に運命の番なの？」

この数日離れていたにもかかわらず、こうしてエリクの側にいても変化がない。結婚を約束した番なら、僅《わず》かの間でも離れていることが耐えられないほど寂しくなるのに、そんな気持ちにもならない。言葉を探すように、優羽は少しずつ吐露してくれる。

穏やかな時間は、逆に優羽の不安を煽《あお》っていたのだとエリクはやっと気が付いた。

「結婚式も……まだ決まってないんだよね。やっぱり僕じゃ……」

「不安にさせてすまない」

エリクは優羽を両手で抱え、膝の上に横抱きにする。突然のことで驚いたのか真っ赤になって降りようとしたが、少し強めに抱きしめるとすぐに大人しくなった。

「良き日取りを決めている最中だ。今少し、時間が欲しい」

「……うん……」

「私も早く、君と番いたい」

思わず口をついて出た言葉に、エリクはしまったと思う。経験の少ない優羽が怯えてしまわないか懸念したが、優羽は黙って俯いている。

その耳と頬、項は照れているのか真っ赤に染まっていた。

「怖くないって言ったら嘘になるけど、でも、番になるまでちょっと時間があった方がいいかもって思う」

「そうだな。優羽にはユエの本質や番というものがどういう関係なのか、学ぶ時間が必要だろう。正しい知識があれば、恐れることはない」

こくりと頷く優羽の項に、つい視線が向いてしまう。

白く柔らかな皮膚に己の証を刻む瞬間は、エリク自身もずっと夢見ていたことだ。しかし現時点で二つの懸念がある以上、軽率な行為はできない。

一つは老臣達を無視して噛んだ場合、『一度噛んだのなら、二度噛むのも同じこと。構わないから儀式を行え』と責められることだ。

——どういう理由があろうと、彼らの前で項を噛む儀式だけは避けなければ。

老臣達が諦めるまでは、噛むことは自重しなくてはならない。

二つ目は、優羽に投与されていた薬の問題だ。

「君の心身に変化が起きないのは、あちらで飲んでいた薬が原因だろう」

「知ってたの？」

「ヒートに関しては、シグルドから聞いている。こちらの生活に慣れて薬が抜ければ、自《おの》ずとヒートになる」

「……そう、だといいけど」

説明しても、優羽は今ひとつ納得していない様子だ。

——無理もないか。

優羽からしてみれば『運命の番』であるのに触れる素振りもないエリクに対して、少なからず不信感もあるのだろう。

噛まない理由を正直に告げてしまえば、優羽の不安は解消されるだろう。だが同時に別の不安を与えることにもなる。

基本的にユエは繊細なので、対応を間違えれば心身に障りが出る。

——全てを伝えるのは、やはり元老院との話し合いを終えてからの方がよいだろう。

「僕、ヒートになったことがないから……っていうか、ヒート自体よくわかってなくて。面倒くさいって思われてるんじゃないかって……」

「そのようなことは、断じてない！」

「え？」

即答すると、優羽がぽかんとして見つめてくる。

「私も噛みたい気持ちを我慢しているのだ。しかし受け入れる準備の整っていないユエに無体を強いれば、心身に障りが出る。だからこそ、優羽にはヒートも大切だが自身を理解してほしいのだ」

「ありがとう、エリク……でも本当に僕は、なにもわかってなくて。だからエリクが運命の番なのか確信も持てなくて……」

薬の抑制が強く、惹かれ合う香りすら嗅ぎ取れていなかったのだとエリクは気付く。今までエリク達が『運命の番』と告げる言葉だけが、優羽の心の支えだったのだ。

「離れてると寂しくなるって、教科書で読んだことはあるけど……エリクに会えなくて寂しくなるのは、運命の番と関係ないんじゃないかとか……色々考えちゃって……ごめん。こんなこと言ったって、エリクを困らせるだけなのに……」

我慢してきた不安が一気に爆発したのか、優羽がぽろぽろと涙を流して訴える。自分でも抱えた感情をどう表せばいいのかわからず、思ったことを口にするだけで精一杯なのだろう。

――これまで数多《あまた》の異世界からユエが召喚されたが、ヒートをここまで抑え込む慣習は初めてだな。

ラウラもヒートの経験がないに等しいと聞いているが、優羽とは状況が違う。

シグルドの説明ではラウラの場合、育った環境から来る栄養不足による発育不良らしい。召喚直後にラウラがヒートを起こしたのは、死に直面して子孫を残す本能が暴走したことが原因だと、説明も受けている。

「番を持った友達はいたけど……ヒートってどんな感じ？　なんて、聞けないし」

「焦る必要はない」

恐らくだが、優羽はヒートを恐れている。勿論『運命の番』を求める気持ちは本当だろう。

しかし人の感情は、複雑なものだ。

番になりたいのに、ヒートに怯える矛盾と葛藤が伝わる。

――この状態で、番の儀式など執り行う訳にはいかない。

人前でヒートを起こせば、優羽の心に消えない傷を残すこととなるだろう。いや、ここまでくると、薬が切れて正常なヒートに陥っても優羽が混乱する可能性がある。

「優羽、聞いてほしいことがある」

小首を傾げる優羽に、エリクは優しく語りかけた。

「ソレユはヒートがどのようなものか、幼い頃から教えられる。ユエを大切にするには必要な知識だからだ」

「はい」

「私見だが、知識もないままヒートを迎えるのは優羽にとって危険だ。そこで提案なのだが、少しずつ触れ合うのはどうだろうか？」

エリクは尻尾を握りしめている優羽の手を取り、指先にキスをする。すると体温が急激に上がるのがわかった。

「怖いか？」

「平気……」

触れられること自体は、拒んではいないようだ。

「もっとしても……大丈夫だと思う」

何気なく言っているだけなのだろうが、エリクからすれば誘惑以外のなんでもない。

「……そうだな。軽い触れ合いならば、負担も少ないだろう。してみるか？」

「はい！」

無邪気な笑顔を見せる優羽が愛しくて、エリクもつられるように微笑んだ。


――体、熱い。

指先に口づけられてから、軽くのぼせたような感覚がずっと続いている。

「優羽」

名前を呼ばれると心臓が跳ね上がったみたいに鼓動が速くなり、優羽は恥ずかしくてエリクの胸に顔を埋《うず》めた。

「ここでは落ち着かないだろう」

「えっ？」

軽々と抱き上げて、エリクが寝室へと歩き出す。

慌てている間にベッドに下ろされた優羽は、所在なげに視線を逸《そ》らした。

「……あの、僕。なにすれば……」

「優羽が気負うことはなにもない。嫌でなければ、私に委ねてほしい」

「嫌じゃない、です……」

しどろもどろに答えると、エリクの手が頬に触れ顔が近づく。

そして、ぼうっとしている間に、唇が重ねられた。少し体温の低いそれが、軽く触れて離れ、また触れる。

「ん……ふふっ」

啄《ついば》むようにやんわりと噛まれ、ざらつく舌が下唇を掠めた。くすぐったくて笑うと、エリクが唇を離す。

咄嗟に優羽は彼の腕を引き留めるように掴んでしまう。

「えっと、あの」

「続けてもいいか？」

尋ねる声に、優羽は頷く。

なんだか下腹が熱くて、落ち着かない。両脚を擦り合わせながら、優羽は彼を見つめた。

「エリクに、もっと触ってほしい……かも……」

恥ずかしいことを言っているという自覚はあった。けれど勝手に言葉が口をついて出てしまう。

「はしたないとか、思ってない？」

「何故？」

「だって、まだ番になってないのに。触ってほしいとか、言うなんて」

「ユエの求めに応じないソレユは、愚か者と誹《そし》られる」

夜着の合わせ目から、大きな手が滑り込んでくる。この国では眠るときは下着を着けない習慣があるらしく、当然夜着の下は無防備だ。

「それに、優羽のような愛らしい番を前にして……私だってずっと我慢していたのだぞ」

わざと冗談めかして言うエリクに、優羽は彼の優しさを感じ取る。雄の欲望を隠し、怖がらせないよう細かな気遣いをしてくれるエリクに胸の奥が温かくなる。

「あ、んっ」

胸元から下半身へと降りていく手に、優羽はびくりと震える。

体は熱くなるばかりで、どうしていいのかわからない。けれどどうしたって、気になることがある。

未だにエリクは、優羽の項を噛もうとしないのだ。いくら理性が強いと言っても、『運命の番』なのに我慢できるものなのだろうか。

「本当に、面倒とか思ってない？　エリクに無理させたくないから、正直に言ってよ」

「優羽は本当に、優しいな」

宥めるように再び口づけられる。

「番であれば問題ないのだが……先ほども少し話したがヒートになっていないユエを抱けば、体に負担がかかる。いずれ子を孕《はら》んだ際に、心身に大きな不調が出る」

「子ども……」

エリクと番うということは、つまり『子作り』をするということだ。

当たり前なのに目を逸らしていた事実を突きつけられ、優羽は考え込む。

女性であればある程度の覚悟はできているかもしれない。でも男性のユエには、その瞬間が突然訪れるのだ。

「番になれば、ユエとしての体の変化は自然と理解できる。だが先ほども説明したように、今の優羽はヒートがどのようなものかを学ぶことが先決だ。まして優羽は、私の運命の番。求めてくれて嬉しいよ」

頭を撫でながら説明してくれるエリクに、優羽はやっと息を吐く。

「ありがとう、エリク」

——これは勉強なんだから、そんなに恥ずかしがらなくてもいいんだ。

そう自分に言い聞かせ、エリクに任せようと覚悟を決めた。優羽の表情から察したのか、エリクがベッドから降りて、着ているものを脱ぎ捨てる。

そして再び優羽に覆い被《かぶ》さり、夜着をそっと剝《は》ぎ取った。

室内はランプの明かりだけで薄暗いけれど、互いの表情がわかる程度には明るい。互いに裸になって唇を重ねたところで、優羽は下腹部の感触に気付いた。

——えっ？

唇を離して、視線を下に向ける。自分の下腹にはまだ完全に勃起していないエリクの性器が、乗せられていた。

重くて熱い性器に、優羽は息を呑む。

確実に自分のそれの倍以上ある上に、勃起していない状態でも臍《へそ》まで届いている。

「こんなの、はいらないよ……失礼なこと言って、ごめんなさいっ」

「優羽は素直だな。ヒートの知識がないのだから、怯えるのも仕方ない」

噂ではソレユの性器は大きいと聞いていた。だが想像していたモノより、遙かにエリクのそれは大きかった。

「案ずることはない。ヒートになれば、ユエの体は自然とソレユを受け入れる。私も無理に君と番おうとは思っていない」

ほっとすると同時に、すこし寂しいと思ってしまい優羽は耳まで真っ赤になった。

その反応を怯えと取ったのか、エリクが悲しげに眉根を寄せた。

「焦ることはない。優羽のペースで進めよう」

「でも」

「愛しいのだ。ずっと待ち望んでいた運命の番が、こうして側にいるという事実だけで心は満たされる。深く触れるのであれば、優羽が身も心も私を受け入れる準備が整ってからが良い」

もう何度目かわからなくなったキスも、触れるだけに留めているのは、大切にされていると感じるし嬉しいけれど、どこか物足りなく感じるのも事実だ。

「わかった。……でもエリク……その、辛いよね？　僕も……ヒートじゃないけど、お腹がむずむずするし……」

「ではもう少し慣らしてみるのはどうだろう」

「慣らすって、どうするの？　……ひゃんっ」

後孔に指が触れ、中へと入ってくる。違和感はあったものの、いつの間にか分泌液が出ていたらしく摩擦での痛みは感じない。

それどころか、解《ほぐ》すように指を抜き差しされる度に体の奥がじんわりと熱を帯びてくる。

「あ、あっ」

「体の発育はユエとして機能している。あとは心の持ちようだな」

「ここ、ろ？　あぅ……ッん」

「ヒートによる変化と、ソレユと番になる変化の二つを受け入れるという意味だ。こうして触れ合うことで、不安は薄れる」

「あんっ、おく……へんになる」

お腹側を指の腹で擦られると、じんわりとした快感が広がる。内側からは蜜がしとどに溢れ、淫《みだ》らな水音が響く。

「や、もっと」

物足りなくて無意識に呟くと、指が抜かれ硬い何かが内股《うちもも》に押し当てられた。それがエリクの雄だと認識した直後、膝裏を摑まれ脚を大きく広げられる。

怯えを含んだ優羽の視線に気付いたエリクが、額に口づけてくれる。

「強引に奪いはしないと約束する。今は快楽だけを追っていればいい」

「うん……」

性的経験のない優羽にとって、エリクの言葉が全てだ。

大人しく体の力を抜くと、切っ先が後孔に入り込む。だが最奥まで犯すことはせず、指で解されじんじんと疼《うず》く前立腺《ぜんりつせん》にカリが触れたところで動きが止まった。

「この辺りが悦いかな?」

「つうぁ……あっ」

唇から零れた甘ったるい声に、優羽は自分で驚く。

——なに、これ?

カリが入り口と前立腺の間を、ゆっくりと往復する。初めて知る快感に、まるで誘うように、腰が浮いてしまう。

——指と、全然違う。

くちゅくちゅと、粘膜と粘膜が擦れ合う音が寝室に響く。カリの部分までを出し入れされているだけなのに、深く交わるよりもずっと恥ずかしい行為に思える。

——正式な番になってないのに、こんなことしてる……。

「あうっ、ッ……ひゃっぁ」

抜き差しされるそれはさらに質量を増して、とても全て挿《はい》るとは思えない太さと長さになっていた。

「……エリクっ、なんか……きちゃ……ひっ」

我慢できず、優羽は達した。

ビクビクと痙攣《けいれん》する内部がエリクを食い締めるが、それはあっさりと引き抜かれた。そして張り詰めたエリクの性器から、勢いよく精液が放たれる。

先端だけを後孔に押しつけての射精だが、その量は凄《すさ》まじく擦られて熟れた前立腺にも飛沫《しぶき》がかかるのを感じた。

——すごい、量……。

脚の付け根を濡《ぬ》らす精液を、優羽は半ば無意識に指ですくい取る。

粘ついた大量のそれは、精液なのに頭の中がくらくらするような良い香りがした。

——こんなの奥に出されたら、ヒートじゃなくても絶対に……妊娠する。

想像した途端、背中が期待で震える。

「私が君の項を噛み、正式な番となれば腹の深くにあるユエの『子作りの部屋』に直接精が注がれる」

「直接……」

頭の中が甘く淫らな考えでいっぱいになり、優羽は甘イキしてしまう。上下に揺れてしまう腰をエリクの手がそっと支え、まだ硬い雄と後孔が触れ合うようにしてくれる。

「あ、ぁ……僕……」

「素直に悦びを表現できるのは、優羽がユエである証だ。こうして感じる姿を見せてくれて、私も嬉しい」

濡れた後孔をエリクの雄に擦り付ける動きが止められない。

はしたないと思う気持ちと、早く番としてエリクとセックスをしたい気持ちが優羽を軽く混乱させていた。

ふと優羽は、自分の下半身が精液だけでない別の粘液にまみれていることに気付く。

「僕……どうして？　ヒートじゃないのに、こんなに濡れるなんて」

後孔から番うための分泌液が溢れ出していたのだ。

「私達が運命の番だという証拠だよ。番になれば、もっと濃い液体が溢れる」

項を噛んでいなくても番う準備ができてしまうほど体は惹かれ合っているのだと、エリクが熱を帯びた声で説明してくれる。

宥めるように頭を撫でられ、高ぶっていた気持ちも次第に落ち着きを取り戻す。

あとは自分が、覚悟を決めればいいだけだ。

――結婚式の日が決まる前に、気持ちの整理をしないと。

ヒートになれば自分はあられもない痴態を晒すことになるだろう。エリクは気にしないと言ってくれるけれど、ヒートという未知の感覚はまだ怖くて仕方ない。

「どうした、優羽」

「ううん、なんでもない。っていうかさ、その……エリク。こんなにたくさん、出すんだね」

下腹に広がる精液の量は、改めて見ると凄まじい。

「まだ半分も出していないのだが」

「そうなの？　僕の体……ちゃんと受け止められるかな？」

「無理強いはしないから、大丈夫だ」

驚く優羽に、エリクが苦笑する。

「それに番の初夜は、酷く乱れるものだと聞いている。ソレユは何度も精を注ぎ、ユエは全てを受け入れる。とはいえ私も未経験だから、今のうちに慣らしておくことは必要だと今夜の行為で確信した」

確かに慣らさなければ、番になってもエリクの精液を腹に留めるどころか、性器自体を受け入れることが難しいだろう。

「あの、僕。本当に、普通の番のセックスの知識もなくて。僕の生きてた世界では、ユエは番にならないとヒートを起こさないんだ。だから、ヒートになった状態での、番い方もわからなくて……だから、迷惑かけたらごめんなさい」

「謝ることなどない。異世界ごとに、様々な慣習があることは知っている。だから優羽は気にせず、これからも私に全てを委ねてほしい」

ぎこちないながらも互いに気持ちを伝えあう。全ての不安が解消された訳ではないけれど、エリクの気遣いが優羽には嬉しかった。

「今日は疲れただろう。湯浴みをして、休もう」

「うん」

頷いてから、優羽は無意識にそっと下腹部を撫でた。するとその手に、エリクが掌を重ねる。

「私達の子が宿る神聖な場所だ。ゆっくりと慣らしていこう」

エリクの顔が近づいてきたので、優羽が目蓋を閉じるとそっと唇が重なった。


その夜から、二人は寝室を共にするようになった。

所謂《いわゆる》、『初夜の行為』を行いやすくするためである。

最初の数回は恥ずかしくてたまらなかったけれど、回数を重ねるうちに優羽《ゆう》も自然に快楽を受け入れられるようになっていった。

エリクの愛撫《あいぶ》も少しずつ激しさを増し、彼の触れたいと思う気持ちが伝わってくる。互いに最後の一線を越えないように、けれど大切な日のために互いの体を慣らしていく行為は、恥ずかしいけれどドキドキする。

眠る前には必ず素肌《すはだ》で抱き合い、最奥まで挿入する以外のことは一とおりした。亀頭を後孔に押しつける射精の疑似的な交合にも、大分慣れた。

全てが終わり、濃い雄の香りにぼうっとする優羽をエリクが抱きかかえて一緒に湯浴みをし、ベッドに戻って抱き合って眠る。

——こんなに幸せだなんて、夢みたいだ。

先に起きて早朝の接見に備えて着替えを始めたエリクの背中を、優羽はベッドの中からぼんやりと見つめていた。

「まだ早いから、寝ていなさい」

「うん」

「私の愛《いと》しい番。今日も神の加護があらんことを」

甘やかされていると感じる。頭を撫《な》でられ、名残惜《なごりお》しげにキスをして部屋を出て行くエリクを見送り、優羽は毛布にくるまる。

エリクの残り香と体温に包まれていると、胸の奥が切ないような甘いような変な気持ちになってくるけれど、決して嫌ではない。

——ヒート、っぽい感じがするけど……多分、まだだよな。

ヒートが来れば、エリクとの関係も進むだろう。それが待ち遠しくもあり、怖くもある。

「——優羽」

お昼過ぎ、珍しくエリクが一人で優羽の部屋を訪れた。それまで雑談に付き合ってくれていたラウラと女官達が、気を利かせて部屋を出て行く。

「あ、エリク。仕事は？」

「少し休むようにと、秘書官から言われてね。根を詰めすぎだと苦笑いされたよ」

番《つがい》の儀式は終わっていないが、優羽が将来の妃《きさき》であることに変わりはない。

元老院からの嫌がらせで仕事を詰め込まれているのは、彼の家臣達も理解しているのだと先日シグルドから説明された。

——王様って、思ってたより自由じゃないんだな。

権力があるのだから好き勝手できるイメージが強かったけれど、エリクを見ているとかなり周囲に気を遣う立場なのだとわかる。

ソファに座ったエリクにお茶を出し、優羽も隣に腰《こし》を下ろす。すると彼が優羽の膝《ひざ》に、尻尾《しっぽ》を乗せてくれる。

——尻尾がお気に入りだって、バレてる……。

けれどもふもふの誘惑には抗《あらが》えず、いつものように優羽は両手で尻尾を抱え込む。

「なにか不自由していることはないか？」

「ないよ。ラウラ達が毎日来てくれて、話し相手になってくれるし」

数日前からは離宮内を自由に散策する許可も出た。シグルド曰《いわ》く『体がこちら側に馴染《なじ》んできた』ので安全らしい。

「しかし、召喚されてからずっと離宮内では退屈だろう？　優羽さえよければ、町へ出てみるか？」

「いいの？　召喚された日に窓から少し見えて、気になってたんだ」

中世のような石造りの町並みは、まるでファンタジー映画の一場面のようだった。優羽が目を輝かせると、エリクも顔を綻《ほころ》ばせる。

「では予定を調整させよう」

「忙しいのに、気遣ってくれてありがとう。エリク」

「優羽が気にすることは何もない。私は優羽の心が穏やかであればそれでいい」

大きな掌が、そっと頭を撫でてくれる。子ども扱いされているような気がしなくもないが、心地よさが勝って優羽は目を細める。

「あのさ、ちょっと気になってたんだけど。折角異世界からユエを呼べるんだから、もっと生活しやすいようにできないの？」

それは優羽からすれば単純な疑問だった。

風呂《ふろ》やトイレなどの水回りはかなり衛生的だが、ガス・電気は全く普及していない。調度品や貴族の着ている衣服は豪華だけれど、製作は全て手仕事だと聞いている。

いきなりスマートフォンを作るような技術は無理だとしても、もう少し開発が進んでいても良いのではと思っていたのだ。

「確かにこちらとは違う知識を持ったユエは多くいた。しかしこちらに来ると、元の世界の記憶を次第に失ってしまう。技術や知識を伝えるのは、難しいんだよ」

「記憶を失うって……それも神様がやってるの？」

答えに驚き、優羽は眉《まゆ》を顰《ひそ》めた。確かにこちらの世界での生活が楽しければ、過去の嫌な記憶を忘れてしまいたいのはわかる。

しかしこちらでも有益な知識まで忘れさせてしまうのは勿体《もったい》ないし、何より理由がわからない。

「神の意向は、あるだろうが……いや……」

歯切れの悪いエリクだが、優羽は気にせず疑問をぶつけた。

「でもどうして、記憶がなくなるんだろう？」

「適応した、というのが正しいかもしれない。召喚された事実を優羽はすぐに受け入れたとシグルドから聞いているが、君のようなユエはまずいない。混乱し、言葉も話せなくなるユエの方が多いのだよ」

言われてみれば、突然連れて来られたら驚くに決まっている。いくら命の危険が迫っていて召喚されたことで助かったとしても、その状況をすぐ理解するのは難しいはずだ。

それにラウラみたいに元の世界で酷い目に遭っていたなら、忘れてしまいたくなる気持ちはわかる。

ふと、優羽は首を傾《かし》げた。

「僕は別に、命の危険があったわけでもないのに……どうして召喚されたのかな？」

「私が我儘《わがまま》を言って、召喚させたんだ。その、会いたい気持ちを抑えられなくてね」

焦った様子で釈明するエリクを、優羽はぽかんとして見つめた。

「優羽は私の運命の番だから、どちらにしろ召喚する予定だったんだ。ただ君が不快に思ってしまったなら申し訳ない」

「不快とか、そんなふうに考えたことないから！　僕はエリクに会えて嬉《うれ》しいよ」

「……ありがとう、優羽。君の優しい言葉に、感謝する」

大げさな物言いに、ついくすりと笑ってしまう。

「ところで優羽。町へ散策に行くのは数日後になるから、その間なにかしてみたいことはあるか」

「したいこと……」

エリクの問いに、優羽は考え込む。正直言って、離宮での生活は退屈だけれど不満はない。

――こんなにのんびり過ごしたの、初めてだから落ち着かないけど。……あれ？　そうだ、エリクに料理を作るって約束してたのにどうして忘れてたんだ？

「あの、エリク。明日厨房《ちゅうぼう》を借りてもいい？」

「かまわないが」

「……あの……前に僕、約束したよね、エリクに料理を作るって……どうして忘れてたんだろう。疲れてるのかな？」

「物事を忘れることは、珍しいことではない」

ほんの一瞬、エリクが何か迷ったように感じた。けれど問う前にエリクは呼びに来た書記官と共に、執務室へと戻ってしまう。

奇妙なもやもやが心に残ったけれど、暫《しばら》くするとその気持ちも消えてしまった。


翌朝、朝食を終えた優羽は離宮内の厨房へと向かった。

「ライ肉のフェルム包み。って言ってたのは憶《おぼ》えてるんだよな」

とはいえ、そもそもその食材が何なのか、そしてどんな料理なのかもわからない。何より何故自分が『手料理をプレゼントする』なんて、自信満々に言えたのかもさっぱり理解できなかった。

――でもやるって言ったんだから、約束破るのは良くないよな。

幸い料理長はエリクから言付かっていたのか、材料と作り方を書いたレシピを優羽のために用意してくれていた。

「わからないことがございましたら、お手伝いいたしますので。お申し付けください」

「ありがとうございます。でもできるだけ、自分の力でやってみます」

レシピを見た感じでは『ラム肉のパイ包み』に近い気がする。肉の下ごしらえをし、パイ生地に包んで焼くのだが、焼きすぎると肉が固くなってしまう。

そしてパイ自体も、オーブンなどないので石窯で焼くしかない。

――全然わからないけど、難しいってのだけはわかる……。

優羽はどうしようかと迷いながら肉を手にした。すると自然に手が動き、慣れた手つきで切り分けていく。

「お見事ですな。王妃《おうひ》様の料理の腕前は相当なものだ」

「え、あ……」

訳がわからないのに優羽はレシピどおりにパイ生地を捏《こ》ね、同時に中に包むフィリングも仕上げる。

食材と名前が一致しないので、それだけは料理長に尋ねたけれど、殆《ほとん》どの工程は優羽が一人で仕上げてしまった。

――もしかして、僕って天才？

石窯の温度管理は専門の係が請け負うとのことで、優羽はパイ焼きを任せると近くの椅子《いす》に座って一息つく。

「王妃様の包丁さばきは、一流の料理人と遜色ありませんな」

「そうかな？」

「ええ、よろしければ王妃様が暮らしていた世界の料理を、是非披露してください。きっと王も喜びます」

確かに、料理を作っている間は無心になれた。きっと自分にとって料理作りは、気持ちを落ち着かせる行為なのだろう。

「優羽」

「エリク、どうしたの？」

何故か焦った様子で厨房に入ってきたエリクに優羽は驚く。料理長や他の料理人達は、本来ここを訪れるはずのない王の姿を見て一斉に頭を下げて震えている。

「君が料理を作っていると聞いて来たのだが――」

とその時、石窯から良い香りが漂ってくる。

「丁度良かった！　エリク、僕からあなたへのプレゼントです。食べてみてください」

優羽は『ライ肉のフェルム包み』を石窯から出して、皿に載せる。

そして包丁で切り分け、エリクの前に置いた。

「初めて作ったから、味の保証はないんだけど……でも外見は、初めてにしては上出来だよね？」

黄金色に輝く生地の断面からは、ほどよい加減で焼かれたライ肉が覗《のぞ》いている。

「……では、有り難くいただこう」

上品な手つきで一口大に切り取ったそれを、エリクが口に運ぶ。ドキドキしながら見ていると、エリクは小さく唸《うな》ってから二口、三口と口に運びあっという間に食べてしまった。

「あの、味は……」

「これまで食したどのライ肉のフェルム包みより美味だ、もう一つ、切り分けてくれ」

料理長が急いで、先ほどよりも大きい塊をエリクの皿に置く。

「僕も試しても……？」

自分も味見をしたいと申し出る前に、エリクが優羽の口元に一かけを差し出す。

あーん、をする形で一口食べた優羽は、口の中に広がる肉汁とフェルムのサクサクとした食感に思わず両手で頬《ほお》を押さえた。

「自画自賛ですけど……最高に美味《おい》しい！」

「だろう？」

「僕、料理なんて初めてしたのに天才ですよね！　……なーんて……エリク？」

エリクが笑ってくれるものだとばかり思ったのに、どうしてか彼は複雑そうな顔で俯《うつむ》いていた。

「あ、調子に乗りすぎだよね。冗談だから」

「いや、優羽は天才だよ。よければこれからも、その腕を存分にふるって欲しい」

いつものように優しい笑顔を見せたエリクに、妙な胸騒ぎを覚える。けれどその理由を尋ねる勇気は、いまの優羽にはなかった。


優羽の作る料理のレパートリーは増え続け、それと同時に二人の距離も近づいていった。恋人の胃袋を摑《つか》む、というのは異世界でも通じるようだ。

けれどやはり『召喚した理由』についてエリクは答えてくれない。運命の番だから呼んだのだと言われてしまえばそれまでだが、説明される度に不自然な態度が引っかかる。

「――エリクの言うお披露目の日取りがなかなか決まらないのも、理由があるんだよね？

ラウラは何か聞いてない？」

　今日もエリク不在のまま、お茶会が開かれていた。女官達が気を遣って優羽が飽きないよう、あれこれと理由をつけては集まってくれる。

「申し訳ありません。王宮の事情は、私には何も知らされていないんです」

　することもないので、優羽はエリクが来られない日はお茶の時間にクッキーやシフォンケーキを焼いて、ラウラ達に振る舞っている。

　不思議なことに材料を前にすると、自然に手が動いてくれた。味も好評で、今度月に一度開かれるという町の市にお忍びで店を出してみようかという話にもなっている。

　――そういえば、元の世界ってどうなってるんだろう。

　ふと、優羽は考える。これだけの料理が作れるのだから、自分は何か特別な訓練を受けていたに違いない。けれど思い出そうとしても、頭の中に霞《かすみ》がかかったように考えられなくなるのだ。

「おや、僕も頂いていいかな」

「ええ、勿論《もちろん》です」

　部屋に入ってきたシグルドが、優羽の返事を聞いていそいそと席に着く。

「シグルドさん、元の世界がどうなっているのか知りたいんだけど。ちょっと覗き見することってできますか？！」

有能な魔術師であるシグルドなら、可能だと思ったのだけれど返されたのは意外な質問だった。

「こっちの生活で、なんか不自由なこととかあったの？　不満があるなら、なんでも言って」

「そんなことはないけど……ただ、大切なことを忘れてる気がして……」

「気のせいだよ」

きっぱりと言い切られ、優羽は戸惑った。

「あの、別の世界を覗くことってできるんですよね？　ちょっとだけ、見せてもらえませんか？」

「どうして気になるの？」

逆に問い返され、言葉に詰まる。

「そんなこと気にする必要ないよ。あ、このシフォンケーキっていうお菓子は絶品だね。ごちそうさま」

シグルドはシフォンケーキを頬張ったまま席を立つと、優羽の問いには答えないまま部屋を出て行く。あからさまにあちらの世界の話題を避けているのが、優羽にもわかる。

「魔術師なんだから、元の世界を見る方法は知ってると思うんだけどな」

「……シグルド様以外の魔術師の方に聞いてみてはいかがでしょうか？　お抱えの魔術師のいる貴族なら、心当たりがございます」

「え、ラウラの知り合いに？」

こくりと頷《うなず》くラウラの手を取り、優羽は頼み込む。

「その貴族に会わせて、お願い！」

「はい……」

心なしかラウラの声が沈んでいたことに、優羽が気付くことはなかった。


——心当たりって、コンラッドさんだったのか。

翌日、ラウラと共に優羽の部屋を訪れたのは、以前中庭で見かけたコンラッドだった。

「初めてお目にかかります。コンラッド・ヴァロワと申します」

「天霧《あまきり》優羽です」

恭《うやうや》しく頭を下げる彼の後ろに、ラウラが静かに付き従っている。

「王妃様に悩みごとがあると婚約者から聞きましたので、はせ参じました」

エリクの従兄《いとこ》である彼もまた、虎の耳と尾が生えている。だがその色は、優羽も知っているごく普通の黄色地に黒い縞《しま》模様の入ったものだ。

「その美しいお顔を曇らせている理由を、教えては頂けませんか？」

「いや、大したことじゃないんだけど……」

「お美しい王妃様の悩みが些細《ささい》などとは思いません。どうか私に、貴方のお心を晴らす手伝いをさせてください」

大げさな物言いに、優羽は正直困惑する。さりげなくラウラを窺《うかが》うが、ずっと俯いているので視線でのコンタクトが取れない。

――ラウラの態度も変だし、そもそもコンラッドさんてなんか雰囲気怖いんだよな……でも、魔術師の知り合いなんてシグルドさんしかいないし……。

シグルドに断られてしまった以上、彼に頼るほかない。

「実は、元の世界がどうなっているのか見てみたいんです。それで魔術師を紹介してほしくて」

断られるかもという懸念はあったが、意外にもコンラッドは快く頷いてくれる。

「そういうことでしたか。では私の屋敷にいらしてください。屋敷に魔術師がおりますので、お妃様の望みはすぐに叶《かな》えられますよ」

「いいの?」

思わず声を上げると、コンラッドが更に予想もしなかった提案をしてくれた。

「よろしければ、今から屋敷にいらっしゃいませんか?」

「でも……」

「夕刻には戻ってこられます。散策に出たと女官に言づてを頼めば、怪しまれることもありません。それにラウラも同行すれば、問題ないでしょう」

確かに側仕えのラウラが一緒であれば、出かけたことがバレてもそう問題にはならないだろう。

「ラウラ、いい？」

「……はい。私がご紹介したのですから、優羽様が気になさることはございませんよ」

微笑むラウラは心なしか不安げだが、今は元いた世界が気になって仕方がない。

優羽はラウラと共に裏庭から離宮を出て、コンラッドの用意した馬車に乗り込む。半時ほど走り町外れまで来ると、馬車が停まる。

離宮ほどではないが立派な屋敷に優羽は圧倒される。

「立派なお屋敷ですね」

「お気に召《め》していただけたのなら幸いです。いつでもいらしてください」

こちらです、と促され、優羽は館の奥へと伸びる廊下を進む。けれど途中で、ラウラの姿が見えないことに気が付いた。

「この先は、高位の者だけが立ち入れる特別な場所です。あの者は婚約者とはいえまだその資格がないのです」

言い方に引っかかりを覚えた優羽が問う前に、コンラッドが魔方陣の装飾が施された扉の前で立ち止まった。

「どうぞ、お入りください」

ギイと鈍い音を立てて、扉が開く。恐る恐る足を踏み入れると、そこはいかにも『魔術師が居そうな』空間だった。

分厚いカーテンで窓が覆われている室内は薄暗く、テーブルに置かれた燭台《しょくだい》が唯一の光源だ。部屋の真ん中には、銀で装飾の施された姿見が置かれている。

シグルドとは違い、腰の曲がった老魔術師が優羽に鏡を覗くよう促す。

優羽は恐る恐る姿見に近づくと、鏡を覗き込む。すると鏡面がぐにゃりと曲がり、次の瞬間、不思議な風景を映し出す。

そこには一人の男性が映っており、何やら慌てている様子で歩き回っていた。

「この人、誰だろう」

「この鏡は、覗く者と関係のある者を映すのです。お妃様が忘れていても、記憶の中にある者を我が魔術はたぐり寄せます――」

老魔術師のしわがれた声に、優羽は目眩《めまい》に似た感覚を覚える。酷い耳鳴りがして、思わず両手で耳を押さえた。次の瞬間、唐突に記憶が蘇った。

「……市河先輩だ。そうだ、会いに行く約束してたんだ」

気付くと同時に、優羽はこれまで時折感じていた違和感の正体に気付く。

「どうして僕、こんな大切なことを忘れてたんだろう」

「もしや、ご存じないのですか？　召喚されたユエは、魔術で記憶を消されるのです。ベリー魔術長官から、水を飲むよう言われませんでしたか？」

「なんかキラキラした水を飲んだけど……」

「あれは忘却の魔術を溶かした水でございます」

老魔術師の言葉に続いて、コンラッドが囁《ささや》きかける。

「貴方は特別なユエですから、早く記憶を消し去りたいのでしょう」

「特別って？」

少し迷った様子を見せたコンラッドだが、不安げな優羽の視線を受けて口を開いた。

「貴方は特別なユエです。私は貴方に真実をお伝えしましょう……優羽様、貴方は神に捧げる供物として召喚されたのです」

「供物？」

「神に己を捧げたユエの話は聞きましたか？」

問われた優羽は、青ざめた顔で頷いた。凄惨な戦争を終わらせるために、自ら神の生け贄《にえ》となり命を絶ったユエの話。

「そのユエは、王の運命の番だったそうです。本来なら王宮で召喚の儀が行われるのですが、生け贄としての手順を踏むためにあえて離宮で召喚されたのですよ」

「そんな……嘘《うそ》だ。だって僕とエリクは、運命の番なのに」

「ええ、ですから供物となるユエは、運命の番でなくてはならないのです」

頭を思い切り殴られたようなショックで、優羽は絶句する。

「これまで各国の魔術師が、王の運命の番となるユエを血眼になって探してきました。ですが見つけることは叶わなかった……しかしやっと貴方が現れたのです。王でも運命の番を迎えられるのは奇跡と言っていい――」

囁くコンラッドの言葉に、優羽は頭の中が真っ白になる。

「再び神に祈るためには、王の運命の番を差し出さなくてはなりません。神との残酷な取り決めなのです。貴方を供物として捧げれば、神は願いを聞き届けてくれるでしょう」

――神様にユエを捧げる。って……つまり僕は殺される？

「王の元から逃げるのでしたら、お手伝いをしますよ。私は貴方を生け贄の運命から救いたいのです」

困惑が顔に出ていたのか、コンラッドが優羽の怯えを見透かしたように告げる。

「逃げる……」

エリクの顔が、脳裏にちらつく。

優しい眼差《まなざ》しと笑顔の裏で、そんな恐ろしい計画を考えていたなんて信じられない。

「あなたはまだ、項《うなじ》を噛《か》まれていませんね。それがどういう意味を持つか、ご存じですか？」

「え？」

エリクは優羽が心から自分を受け入れてくれるまで、項を噛むことはしないと言ってくれた。それは彼の優しさだと信じていたが、コンラッドの言葉に首を傾げる。

「生け贄の儀式は、番の項を噛むことで成立いたします。未《いま》だに噛まれていないということは……意味はわかりますね？」

背筋に冷たいものが走る。まさかという気持ちと疑念が、心の中でせめぎ合う。

「貴方が生け贄から逃れる方法はただ一つ。エリクに噛まれる前に、別のソレユと番になってしまえばよいのです。——たとえば、私などいかがですか」

不意にコンラッドの手が太股《ふともも》に触れた。そのままいやらしい手つきで、服越しに秘所をまさぐろうとする。その動きに、嫌悪と恐怖で鳥肌が立つ。

「止めろ‼」

抱き寄せようとするコンラッドを、優羽は思い切り突き飛ばした。ここまでの拒絶は想定していなかったのか、僅《わず》かにコンラッドが怯《ひる》む。

——エリクに直接聞いて、確かめたい。

その隙に無我夢中で部屋から飛び出した優羽だが、どちらが玄関なのかわからず一瞬戸惑う。

「優羽様？」

「ラウラ！　あの、えっと」

君の婚約者に襲われかけたなんて、とても言えない。青ざめたまま説明に迷っていると、ただならぬ様子にラウラが優羽の手を掴んで走り出す。

「逃げましょう。こちらです」

婚約者として屋敷に出入りしているラウラは、全ての通路を熟知しているようで迷わず走り続ける。

明らかに使用人の使う狭い通路や部屋を幾つも通り抜け、二人は裏通りへと出る。丁度荷馬車が通りかかり、ラウラが迷わず声をかけた。そして何やら交渉を始める。

「離宮へ向かってくれるそうです。乗ってください」

「うん」

勢いのまま、優羽はラウラと共に荷台へと飛び乗った。そして置いてある木箱の陰に身を潜める。荷馬車が動き出し、優羽はほっと一息つく。

「ありがとうラウラ。……勝手に出てきちゃったけど、大丈夫？」

「私のことは気になさらないでください。なかなかお戻りにならないので、様子を見に来たのですが……不快な思いをさせてしまい、申し訳ございません」

どうやらラウラは、コンラッドが優羽に不敬を働いたことに薄々気が付いているようだ。婚約者がいる身で、優羽を誘うような真似《まね》をしたコンラッドに怒りがあるに違いない。

「ラウラは悪くないよ。ていうか、何なんだよあの人。ラウラに失礼だろ」

「……コンラッド様には、色々とお考えがあるのです。」

なのにラウラは彼を庇《かば》うような物言いをする。

「そんなにコンラットさんが好きなの？　だったら尚更、我慢するの良くないよ。言いたいことがあるなら……っ？」

「優羽様？」

言葉に詰まった優羽を、ラウラが怪訝《けげん》そうに覗き込む。

「なに、これ……急に体が熱くなってきた」

「大丈夫です。落ち着いてください、優羽様」

「でも、僕……」

呼吸が荒く、頭がくらくらする。

「こんな形で不本意だとは思いますが、ヒートの前兆が出ております。優羽様がお世継ぎを産める体になった証《あかし》です」

「そんな、どうしてヒートに……」

「ユエの体は危機を感じると、ソレユを求めます。番がいれば、その方に触れてもらい心と体を落ち着かせるのです」

荷馬車が離宮の前に到着すると、ラウラは礼金を払い優羽を抱えるようにして中へと入る。

やはり離宮内では優羽の姿が見えなくなったことで騒ぎになっており、すぐに女官長が駆けつけてくる。

「ラウラ様！　貴方がついていながら、一体どういうことですか」

「後で全てお話しいたします。今は寝室の支度《したく》をしてください！　それと、速急に王へ連絡を」

女官長は優羽の様子とラウラの言葉で全て察したのか、すぐに女官達に指示を出す。

この時、既に優羽は声を出せる状況になく、ラウラに支えられてゆっくりと寝室に向かう。

「少しだけ、ご辛抱ください」

整えられたベッドに横たえられた優羽は、ラウラの言葉に頷くので精一杯だ。

——息、苦しい……エリク。助けて。

涙がこみ上げてきて、視界がぼやける。救いを求めて手を伸ばすと、大きな手が握り返してくれる。

それは愛しい番、エリクの手だった。

ヒートだと言われても、優羽には今ひとつわからなかった。学校の授業で教わっていたけ

れど、基本的に『ヒートは番を得てから起きるもの』というのが、一般的な認識だ。

なので実際にヒートに陥った人を見たことがないし、経験もない。

「エリク、僕……どうしよう……怖いよ……助けて、エリク……」

だから自分の変化がただ恐ろしくて、酷く汚らわしい欲求に苛《さいな》まれている気がする。

「今はお前の体を落ち着けることが優先だ」

「……うん」

落ち着かせるように、エリクが頭を撫でてくれる。幾らか呼吸は穏やかになったけれど、今度は下半身に異変が生じる。

――勃《た》ってる……。

触れられただけなのに、自分は欲情しているのだ。これまでもエリクとヒートに向けての慣らしはしてきたが、こんなにもはしたない反応が出るのは初めてだ。

「落ち着くんだ、優羽。ゆっくりと息を吸って……」

冷静なエリクの声に、優羽も幾らか理性を取り戻す。けれど一度火のついた体は、そう簡単に治まりそうもない。

「エリク……僕を……」

半ば無意識に、優羽は体を反転させて項を露《あらわ》にする。するとエリクが項に唇《くちびる》を寄せたが、彼は噛もうとはしない。

——そうだ、僕がちゃんと言葉にしないと……エリクは噛まない。

自分達は番になるのだから、強引に噛んでもいいはずだ。何より彼は、この国の王だ。なのに、優羽の意思を尊重してくれるエリクに心は揺れる。

項を差し出そうとしたその時、頭を過《よぎ》ったコンラッドの言葉が優羽を躊躇《ちゅうちょ》させた。

『生け贄の儀式は、番の項を噛むことで成立いたします』

エリクが自分を生け贄にするために、召喚したなんて思いたくない。でも彼が、隠しごとをしているのは事実だろう。

「ごめん、やっぱり……怖い」

「無理に歯を立てたりはしないから、安心しなさい。それに優羽の体からは薬が抜けきっていない。私が噛んでしまえば、君の体に負荷がかかる。……けれど交合は行う。いいね」

ほっとしつつも、ずっと抱えていた疑念は確信に近くなる。ヒートに陥った番を前にしても、ここまで冷静に考えることができるというのは、やはり自分達は『運命の番』ではないのだろう。

それとも本当に、コンラッドの言うとおり『生け贄の儀式』まで理由をつけて項を噛まないようにしているだけかもしれない。

——気遣ってくれてるけど……エリクの本心がわからない。

嫌な考えばかりが、頭に浮かぶ。

こんな状態で抱かれるなんて嫌なのに、体は拒もうとしない。それどころか、エリクの愛撫を受け入れ、誘うように腰を揺らしている。

「力を抜きなさい、優羽」

服を脱がされ、ベッドに仰向《あおむ》けに横たえられる。そのまま両膝を掴んで広げられると、後孔から繋《つな》がるための蜜液が溢《あふ》れ出すのが自分でもわかった。

恥ずかしくて脚を閉じたいのに、力が入らない。

――いつもと、全然違う。

愛撫されれば後孔は濡《ぬ》れていたけれど、ここまでぐっしょりと濡れたのは初めてだ。

「……や……みない、で」

視線にまで感じて、後孔がヒクついてしまう。

確かめるようにエリクが指を挿《い》れ、前立腺《ぜんりつせん》を軽く押した。

「ひゃんっ」

「香りが薄いな……やはり、突発的なヒートだろう」

「これ、ちゃんとしたヒートじゃないの？」

「今の刺激でフェロモンが出たが、私の意識を侵食するほどではなかった。ヒート経験の浅いユエには、まあまあることだよ」

ほっとしたような、寂しいような複雑な気持ちになる。結局のところ、自分は番を誘惑することさえできないのだ。

――『運命の番』だったとしても、こんな役立たずじゃ意味ないじゃないか。

泣きそうになる優羽の目尻《めじり》に、エリクが優しく口づけてくれる。

「本格的なヒートになれば、数日は寝室から出られない。だが、これなら一度交合すれば治まるはずだ」

「エリクは、それでいいの？」

「大切な番を傷つけたくはないんだ。優羽がきちんとしたヒートを迎えたら、その時は泣いても離さないから覚悟してほしい」

不安げな優羽に、エリクがわざと茶化すような物言いをする。これも彼の優しさなのだと、優羽にだってわかる。

――エリクは、優しい……なのに、僕は……。

「お喋《しゃべ》りはここまでにしよう。もう辛いだろう？」

挿れたままだった指が、内壁を優しく擦《こす》る。前立腺を重点的に責めたかと思えば、わざと外して周囲を撫でる。

「あ、ぁうっ……ひっ」

無意識に逃げそうになる腰を摑まれ、優羽は甘い愛撫に酔いしれた。そしてすっかり柔らかくなった後孔から指が抜かれ、代わりにいきり立ったエリクの性器が挿《はい》ってくる。

「ああっ、ンッ……ふ、ぁ……」

これまでカリ首までは受け入れていたが、今日は途中で止まらず優羽の中を突き進む。

太くずっしりとした幹が柔らかな肉襞《にくひだ》をかき分け、広げていく。

――はじめて、なのに……。きもち、い……。

きゅん、と後孔が締まる度に、全身を快感が駆け抜ける。

「まだ全部は挿っていないよ」

「う、そ」

エリクの手が、優羽の薄い腹に触れて軽く押した。臍《へそ》の上の辺りに、ゴツゴツとした違和感を感じる。

「優羽が完全なヒートを迎えれば、この奥にある子作りの場所にまで届く。しかしやはり今は、その時ではないようだ」

最奥を小突かれ、優羽は背を反らした。もっと奥までほしいという本能は確かにあるのに、体はそれを許していない。

「あ、ぁ……どうして……」

「子作りの準備が整っていないだけだ。怖がることではないから、今は快感に集中しなさい」

「はい……んっ」

口づけられ彼の背に手を回すと、エリクが腰を打ち付けてくる。それは一方的な動きではなく、優羽の快楽を最優先させるものだった。

初めて前立腺より奥まで雄を受け入れ戸惑い気味だった優羽は、その甘やかすだけの動きに溺れていく。

「ぁ、あ。ひっ……あんっ」

良い場所ばかりを狙って感じさせてくれるエリクに、優羽は甘イキを繰り返した。

次第に快感をねだるように、勝手に腰が動き始める。拙いそれにもエリクはリズムを合わせ、嬉しそうに優羽を見つめる。

「やだ、僕……こんなの、見ないで」

「愛らしいよ、優羽」

うっとりとした声に、腰がぞくぞくする。

雄の色香と、絶え間なく押し寄せる快楽に耐えきれず、優羽はエリクの背に爪《つめ》を立てた。

「もう、出して……エリク……あっ」

ユエが何より求めるモノは、番から与えられる快楽と精液だ。

半ば無意識ながらも、優羽は体が求めてやまないそれをエリクにねだる。そしてソレユも愛しい番に乞われれば、応じて当然だ。

腰を掴まれ逃げられないように固定された状態で、優羽は初めて奥でエリクの精を受け止める。

「ひっぁ、ああっ」

飛沫《しぶき》の勢いとその熱を浴びせられ、優羽は深く達した。


優羽が目覚めると、既に時刻は深夜だった。

体は清められていて、寝ているベッドも清潔なシーツと毛布に替えられていた。

「辛くはないか、優羽」

ベッドの横に置かれた椅子に座っていたエリクが、優羽の意識が戻ったことに気付いて顔を覗き込んでくる。

「怒ってない？」

「何故だ？」

「勝手に抜け出したから」

きっとコンラッドの屋敷に行ったことも、寝ている間にラウラから報告されているだろう。

何より不自然な発情を疑問に思って当然だ。

「怒ってなどいないし、君が離宮を抜け出した理由も問うつもりはない。優羽が話せるようになったら話せばいい」

髪を撫でる指先は、どこまでも優しい。

「どうしてそんなに優しいの？」

勝手な行動を叱られても仕方ないと自覚があるのに、エリクは怒りを抑えているような素振りすらない。

「君が愛しいからだ」

どこか苦しげなエリクに、優羽は優しすぎる彼の態度に疑問を持つ。

——本心なんだろうけど……。

冷静になって考えれば、自分の行動は余りにも軽率だ。将来の王妃という立場にありながら、勝手に離宮を出たばかりかヒートに陥って戻ってきたのだ。

出かけた理由も、ヒートになった原因も問い詰めることすらしないエリクの考えがますますわからなくなる。

——やっぱり僕のことは、生け贄として見てるから刺激しないように優しくしてるだけ？

そんなことエリクはしないってわかってる……でも……。

聞けばいいのに、言葉は喉《のど》に詰まって出てこない。

信じたい気持ちと不安が心の中でせめぎ合う。

もしも肯定されたらと考えると、どうしたって怖くなる。でも生け贄なんて嫌だと言えば、エリクは儀式を止めてくれるかもしれない。

だが王の立場からしたら、もう一度神に願うことでこの世界にユエが生まれるようになった方が良いに決まっている。

それに生け贄にするつもりなら、本当のことを答えてくれるのかも疑問だ。

彼を疑いたくないのに、コンラッドの言葉が頭から離れない。

「エリクは……」

「ん？」

「なんでもない」

体は何度も重ねたのに、心は離れていると優羽は感じる。

エリクが時折見せる悲しそうな瞳の理由を知りたいのに、真実を聞くことを怖がって話のできない自分がもどかしい。

「疲れたから、寝るね」

「ああ、ゆっくり休みなさい」

優しく触れてくれる指に、優羽は頰をすり寄せる。

一瞬、戸惑ったような反応が彼の指先から伝わったけれど、優羽は気付かない振りをして目蓋《まぶた》を閉じた。

エリクの政務が忙しくなり、離宮では対処できない事案で王宮へ戻ってしまってから十日が過ぎていた。時間を作って離宮に来てはくれるものの、やはり短時間の滞在が限界らしい。

結局あれから、生け贄に関してのことは聞けずじまいだ。

——聞いておけばよかった。

何をしていても落ち着かず、ふとした瞬間にコンラッドの言葉が脳裏を過り、気持ちが沈んでしまう。

——生け贄なんて、嘘に決まってる。

この国には、ユエを大切にしてきた歴史がある。

それに本当にコンラッドの言うとおりなら、自分は召喚されてすぐに生け贄にされていてもおかしくない。

一人で考え込んでいても、思考は堂々巡りをするばかりで答えは見つからない。気分転換にお菓子作りでもしようかと立ち上がったその時、扉がノックされた。

「どうぞ」

「失礼するよ」

「失礼致します」

「シグルドさん、ラウラもどうしたの？」

やけに顔を強張らせた二人を前に、優羽は小首を傾げる。

「優羽様に、私の罪を告白致します」

「罪って？」

さっぱり事態が飲み込めず、優羽はとりあえず二人をソファに座るように促す。テーブルを挟んで向かい合って座ると、ラウラが震える声で話し始めた。

「私はコンラッド様から命じられて、離宮内の情報を集めておりました。コンラッド様の狙いは、優羽様なのです。先日コンラッド様のお屋敷に行くようお誘いしたのも、あの方のご命令で逆らえませんでした」

「コンラッドさんは、ラウラの婚約者なんだよね？　どうしてそんなことをしたの」

「……私は、あの方から……もとより好かれてなどいないのです。召喚の儀の際にも、あの方はいらっしゃいませんでした」

「エリクの名誉のために言うけど、彼が君の召喚に同席できなかったのは儀式を悟られないよう別室で政務をしていたからなんだ。断じてコンラッドとは違うからね！」

慌ててフォローを入れてくるあたり、シグルドも召喚に際してのことは気にしていたようだ。

「だから召喚されたラウラがヒートになったとき、シグルドさんが魔術を使って、助けたんだね」

「はい」

ラウラは王妃ではないのだから、儀式は必要ない。召喚された直後にヒートを起こしたなら、婚約者のコンラッドが項を噛んでも問題ないが、側にいなかったのだからどうしようもない。

言葉を詰まらせたラウラに代わり、シグルドが冷静に説明をする。

「どうやらコンラッドは、エリクの番が君と知ったあたりから、君に執心し始めたらしい。黒目・黒髪のユエは、こちらでは稀少なんだ。昔から彼は、珍しいものを好んでいたからね。だがまさか、王妃となる君に手を出そうとするなんて予想もしていなかったよ」

「コンラッド様は初めてお目にかかった時から、私が番として相応《ふさわ》しくないと仰《おっしゃ》られておりました」

「相応しくないって、どうしてさ？」

「こんな醜いオメガを娶《めと》れば、家の恥になると。優羽様との仲を取り持つよう働かなければ、元の世界に戻すと脅されて……申し訳ございません」

「ラウラは綺麗《きれい》だよ！」

これはお世辞でもなんでもなく、優羽の本心だ。今は青ざめ心労でやつれてしまっているラウラだけれど、彼がお茶会で笑う姿はまるで天使のようだった。

自身の存在を否定され、誰にも相談できずラウラはどんなに悩んだことだろう。

「優羽様を陥れようとしたことは事実です。どのような罰でも受け入れるつもりです」

「何言ってるのさ。ラウラは悪くないし、むしろ被害者じゃん！　ラウラのことは僕が守るから、これまでどおり側にいてよ」

「寛大なお言葉、ありがとうございます優羽様」

「ね、言っただろう。優羽君は君の味方だって。僕も君には非がないって証言するから大丈夫だよ」

　嬉しそうにラウラの頭を撫でるシグルドに、優羽もほっと息を吐く。

「コンラッドはどうなるの？」

「コンラッド卿《きょう》は、城で行われる評議会に出頭するよう勅命が出ているよ。こんな馬鹿なことを仕出かしても、王族だからね。形だけは説明の場を設けるけれど……厳しい処分が下るだろうね。ラウラちゃんは脅されていただけなんだから、何も心配することはないよ」

　涙目になってるラウラが頷く。

　これで一安心、となったところで優羽は改めてラウラに向き合う。

「そうだ、ラウラは生け贄の話は知ってる？」

「生け贄？」

　仮にもラウラは、表向きはコンラッドの婚約者として生活をしていた。なのでコンラッドの話していた『生け贄』に関して何か知っているのではと考えたのだ。

しかしラウラは、首を横に振る。

「そのような話は、聞いたことがございません。コンラッド様に何を言われたかは存じませんが、信じてはいけませんよ」

「うん……でもエリクは生け贄のこと以外にも、何か隠しごとしている気がしてさ」

確かに全てを信じた訳ではない。でもエリクのことがわからなくなっているのも事実だ。

「王はお優しい方です、時が来たら、必ずお話しくださいます」

その言葉に、勇気づけられる。

それまで黙って二人の遣《や》り取りを聞いていたシグルドが身を乗り出す。

「神がそんな野蛮な行為を求めるはずがないだろ！　生け贄なんて、あり得ないね！　――もし仮にそうだとしたら、君は逃げる？」

思いもしなかった問いかけに、優羽ははっとする。

「君がその『生け贄』となることを拒めば、彼は君を元の世界に戻すだろうね」

「……僕は、エリクの運命の番です」

ぎゅっと両手を握りしめる。

「僕が生け贄になることでエリクが立派な王様になれるなら……この身を捧げます」

「それをあいつに言ってやりなよ。そうすれば、一生尻に敷けるよ。国を裏で操る王妃とか、格好いいよね！」

真《ま》っ直《す》ぐにシグルドを見て告げると、けたけたと笑い出した。驚いているとフードからぴょこりと飛び出した兎耳が楽しげに揺れている。

「優羽君もラウラも、何も心配しないで。そうそう、婚礼の日取りも決まったから、もう少しだけ待っててね。明日にはエリクも離宮に戻ってくるから」

「はい」

次にエリクに会ったら、しっかり話をしようと優羽は心に決める。その夜は久しぶりにみんなを集めて、お手製の食事を振る舞った。


深夜。闇夜に紛れて訪れたのは、予期せぬ訪問者だった。

ベッドに入ろうとしていた優羽は、ノックの音に訝《いぶか》りながらドアを開ける。そこには夜番の女官と、意外な男が立っていた。

「どうしたの？　え、コンラッドさん……？」

「夜更けに失礼致します」

案内をしてきた女官を押しのけるようにして、コンラッドが顔を覗かせる。時刻は既に夜半を過ぎており、優羽は身構えた。

「どうしても早急にお伝えしたいことがございまして、女官に頼み込んだ次第です。どうかご無礼をお許しください」

先日の傲慢な態度が嘘のように、コンラッドはひたすら低姿勢だ。

彼の隣には以前も見た魔術師がおり、優羽は女官に目配せして彼らを部屋へ入れるよう促す。

――ここは離宮だし、流石に変なことはしないよな。あと、ラウラのことも話したかったし。

優羽としても、コンラッドには頼みたいことがあったので丁度いい機会だ。

部屋に三人だけになると、改めてコンラッドと魔術師が頭を下げる。

「事情はお耳に入っていると思います。優羽様の美しさに心を奪われたとはいえ、あのような無礼を働きましたこと、心よりお詫《わ》び申し上げます」

「あ、うん……」

儀式を終えていないとはいえ、優羽はエリクの番となる身だ。事が明るみに出て、かなり厳しい処罰が下ったのだろうと想像はつく。

こんな時間に来るということは、恐らくコンラッドは刑を軽くするよう頼みに来たに違いない。

――ラウラとの婚約破棄を条件に出せば、きっと乗ってくるはず。

狡《ずる》い手だと思うけれど、穏便に済ませるには最適だろう。コンラッドもラウラとの婚約は良く思っていなかったようなので、条件としては悪くないはずだ。

「それで、伝えたいことってなに？」

単刀直入に聞くと、意外な言葉が返された。

「不敬を犯した身は、この国に留まることは許されません。ですので、処罰が下る前に国を去ることにしました」

「そこまでしなくても……」

神妙に告げるコンラッドに、優羽は慌てる。

しかし続いた言葉に、背筋が冷たくなった。

「貴方も、ですよ」

「え？」

冷たく笑うコンラッドを前に、優羽は後退《あとずさ》る。

「今からでも遅くはない。私と共に国を出ましょう」

「生け贄の話、嘘だって聞いた」

さあ、と伸ばされたコンラッドの手を振り払うと、彼が忌々《いまいま》しげに舌打ちをする。

「知られてしまっては仕方ない。ご同行願おうと思ったのですが……諦めるしかないようですね。美しい貴方を番にしたかったが、残念です」

「どうして僕に拘《こだわ》るんだよ。ラウラの方が、ずっと綺麗で優しいじゃないか！」

優羽から見ても、ラウラは非の打ちどころのない青年だ。

もしラウラが自分と同じ世界に生まれていたら、セレブアルファから結婚の申し込みがひっきりなしに来ただろう。

しかしコンラッドは、優羽の言葉を鼻で笑う。

「ユエなど所詮、選ばれしソレユを飾る道具でしかない。貴方はユエの中でも一際輝く宝石でしたのに、残念です。黒目・黒髪のユエは、数十年に一度召喚できるかどうかの貴重な品だ。仮に貴方が売りに出されれば、一つの国が買えるほどの大金が動くのですよ」

「僕もラウラも、物じゃない！」

「あれはなんの価値もない、ありふれたユエですよ。つまらぬユエなど番にするつもりはないのだから早くどこへなりと行けと命じたのに、あれは貴方が結婚するまでは国に置いてくれと懇願したのでね。せいぜい役に立つよう言い含めて側仕えを許可しました」

コンラッドからの酷い扱いはラウラから直接聞いたばかりだが、全く罪悪感のない彼の態度に怒りが抑えられない。

婚約者から酷い言葉を浴びせられ、ラウラはどれだけ辛かったかと思うと、やりきれない気持ちになる。

「あれは元の国へ帰す予定です。私には従順で美しい黒目・黒髪のユエが相応しい。そう思いませんか？」

「黙れ！　ラウラを元の世界に戻すなんて、絶対に許さないからな！」

「貴方は外見は良いのですが、その粗雑な性格がよろしくない」

「っ……！」

いきなり胸ぐらを掴まれ、優羽は身動きが取れなくなる。突然のことで怯んだ優羽を、コンラッドは軽々と引きずり魔術師の前に放り出した。

「エリクにだけは絶対に渡してやるものか。私のものにならないのなら、消えてしまえ！」

いつの間にか魔術師は足もとに魔方陣を描いており、よろけた優羽が足を踏み入れると黒い霧が湧き上がってくる。

「さようなら、王妃様」

助けを呼ぼうとしたが、開いた口や目に霧が入り込み、そのまま優羽は気を失った。


気が付くと優羽は、自室の床に座り込んでいた。

頭の中がぼんやりとして、何か大切なことがあった気がするのだけれど思い出すことができない。

「あれ？　……何をしてたんだっけ？」

懸命に記憶を手繰るが、頭の中に霞がかかっているような妙な感覚があるばかりで、上手《うま》く思考が働かない。

呆然《ぼうぜん》としていると、テーブルに置いてあったスマートフォンが振動する。咄嗟《とっさ》に手に取り画面を見ると、市河《いちかわ》からの着信だった。

『どこ行ってたんだよ！　何度も連絡したんたぞ！』

「すみません、市河先輩……ちょっと目眩がして、動けなくて」

話していると、次第に意識がはっきりとしてくる。

――そうだ。先輩に呼ばれてたんだっけ。

『そうか……怒鳴って済まなかった。今からでもいいから、事務所まで来てくれるか？』

「はい」

時計を確認すると、既に約束の時間を大分過ぎていた。優羽は市河の会社が入っているビルの住所を確認してから、急いで部屋を出る。

電車を数本乗り継ぎ、都心に近いそのビルに到着したのは、一時間後のことだった。

「お久しぶりです、市河先輩」

「よく来てくれたな、天霧」

メールやビデオ通話はしていたが、直接会うのは久しぶりだ。

雑居ビルの一室で出迎えた市河は、優羽の知る彼とは大分変わってしまっていた。髪はぼさぼさで、髭《ひげ》も剃《そ》っていない。背広もずっと同じものを着ているのか、傷みが目立つ。

高校を出てすぐに会社を立ち上げた市河は、とある商品の開発で成功し事業も軌道に乗ったと聞いていた。

けれど目の前の彼と背後の惨状に、入るのを躊躇する。

狭い事務所内には机が一つだけ。床には書類が散乱し、中には『督促状』と判が押されたものまであった。

とても軌道に乗った上場間近の企業とは思えない。

「助かったよ。お前の写真見せたら、先方がすごく乗り気になってさ」

市河に腕を掴まれ、優羽は仕方なく事務所へと入った。

「早速だけど、これから見合い相手の家に行ってくれないか？　さっき催促の電話が来たんだ。ホント、マジでタイミングよかったよ」

「え……」

「少し遠いけど、タクシーを用意するから……」

「その件ですが。お見合いはお断りするつもりで来ました。やっぱり僕は運命の番を探したいんです。それまでは、アルファに頼ったりしないで、自立して生きていくつもりです」

昔からの夢を告げた瞬間、胸が苦しくなって涙が溢れ出す。大切な誰かを忘れているけれど、それが誰であるかも思い出せない。

「そんなに、嫌だったのか……」

「すみません。先輩の顔を潰すことになってしまって、本当に申し訳ないと思ってます。僕にできることでしたらなんでもします」

優羽は正直な気持ちを話して頭を下げた。

すると市河が、真っ青になって頭を抱える。

「実は立ち上げた会社が潰れかけてて、借金まみれなんだ。それで……お前の力が必要なんだよ」

「お金が必要でしたら、可能な範囲でお貸しします。僕も大して貯金はないんですけど」

「いや、その。……フリーのオメガを愛人として仲介すれば、大金が手に入るって言われてさ。見合いの相手は有名な資産家なんだ。一年愛人を務めた後は、身元のしっかりしたアルファを紹介するって言ってる。もし天霧が運命の番を待つって言うなら、それまでの生活資金の援助をしてもらえばいいじゃないか」

先輩の言葉に、優羽は愕然《がくぜん》とする。彼はベータだが、少なくとも以前は優羽の考えを否定せずにいてくれた数少ない理解者でもあった。

「勿論、愛人してる間の生活費や、避妊薬も用意するって。オメガからすれば発情期に気兼ねなくセックスできる相手がいるのって、良いことなんだろ?」

無理解ゆえの言葉に、優羽は傷つき言葉を失う。

学生時代、市河は優羽がオメガだと知っても特別視することなく接してくれた相手だ。『運命の番』を探したいと打ち明けたときも、真剣に話を聞いてくれた。

気持ちをわかってくれていると信頼していた相手からの言葉だから余計に辛い。

——発情したからって、誰でもいいわけじゃないのに……。

たとえ『運命の番』でなくても、お互いに信頼し愛し合った相手とだからこそ、安心して発情期を過ごすことができるのだ。

言葉を失っている優羽に、市河が追い討ちをかける。

「お前は運命の番を探してるって言ってるけど、出会える確率なんてゼロに近いって聞いたぞ。もう諦めて、オメガらしい生き方しろよ。そんな馬鹿馬鹿しい話なんて忘れろ」

まるで我が儘を言う子どもを諭すように、市河が優羽の肩を摑んで軽く揺さぶる。『運命の番』など夢物語だと説得する市河の顔は真剣だ。

自分が見合いを断ったことで大金を失う前提があるとしても、彼が優羽を心配する気持ちに嘘はないだろう。

多くのオメガはアルファと見合いをして結婚をするか、あるいは愛人となって悠々自適に暮らすのは知っている。それぞれの生き方を優羽は否定するつもりはない。

けれど……。

「僕の生き方は自分で決めます！」

――そうだ、僕にはあの人がいる。名前……は……。

大切な記憶が、すぐ目の前にある。あと少しでその記憶に手が届きそうなのに、雑音が優羽の思考の邪魔をする。

「いい加減に現実見ろよ！　あんな都市伝説なんて嘘に決まってるだろ！」

「嘘じゃない！　だって僕には運命の番がいるんだ！」

肩を摑んで揺さぶる手を振り払い、優羽は叫んだ。

その時、二人の前に突然巨大な白い虎が現れる。

『姿形が変わっても、一目見ればわかる』

絵本に書かれていた文章。そして大切な番も言っていた言葉が、頭の中に響く。

唸り声を上げる白い虎に、優羽は躊躇することなく駆け寄った。

「エリク！」

首に腕を回して顔を埋《うず》める。

「来てくれたんだね。ありがとう、エリク」

「虎っ⁉　どこから入り込んだんだよ……」

突然のことに理解が追いつかないのか、市河はぽかんとして固まっている。

「先輩。紹介します。この人が、僕の運命の番です」

車ほどの大きさの虎に詰め寄られ、市河がへたりこむ。

「さっきのお話ですけど……僕が断っても、先輩はまた新しいオメガを斡旋《あっせん》するんですよね？」

「……ああ」

やっと状況が飲み込めたらしい市河が、優羽の質問に項垂《うなだ》れる。そして観念したのか、ぽつぽつと話し出した。

「話を持ちかけてきたヤツは、オメガの知り合いがいるベータを調べて声をかけてるらしい。俺は住所から家族関係まで全部知られてるから、斡旋しなけりゃ何されるかわからない。もう終わりだ」

この様子からして、市河も問題のアルファに脅されていたのだろう。

「僕が直接その人に話をつけに行きます。先輩の借金はどうにもできないけど、脅すような真似はしないように説得しますから」

「待てよ。相手は政界にも顔が利く大物だぞ。警察だって証拠がなけりゃ動かないだろうし。オメガのお前が一人で乗り込んでいっても、どうにかできる相手じゃない」

「大丈夫です。僕は一人じゃありませんから」

そう言ってエリクの喉を撫でると、盛大なゴロゴロ音が響く。

「……わかったよ。お前を信じる。っていうか、その虎が一緒に行って脅せば、流石に向こうも黙るだろうしな」

「虎じゃないです。エリク・ヴァロワさんですよ」

「ごめん……えっと、エリクさん。よろしくお願いします。それと、優羽のことすみませんでした」

緑の瞳に睨《にら》まれ、市河が土下座した。

二度と犯罪まがいのことに関わらないと約束してもらい、優羽は市河に話を持ちかけてきた資産家の居場所を教えてもらう。

今日向かうはずだった家は資産家の別宅で、愛人用に借り上げているらしい。

「もう会うこともないだろうけど、特別な力で見張ってますから。真面目《まじめ》に借金を返してくださいね」

そう釘《くぎ》を刺すと、市河が壊れたおもちゃのように首を何度も縦に振る。効果は十分だと判断して、優羽はエリクを伴って事務所を出た。


エリクに促され非常階段から屋上に出ると、優羽は彼の首に抱きついた。

「エリク……エリク、僕……あなたのことを忘れてた。酷い番でごめんなさい」

「己を責めることではない。元の世界に戻ったユエは、異世界での出来事は記憶から消える。これはユエを混乱させないために、神が与えた祝福なのだからね」

喉を鳴らしながら、エリクが頭を擦り付けてくる。嬉しいのとくすぐったいのとで、優羽は少し笑ってしまう。

「――それに謝るのは私の方だ。コンラッドの愚かな行いを止められず、君を危険に晒《さら》してしまった……優羽、遅くなってすまなかった」

「ううん、来てくれて嬉しい。でも、どうして虎の姿なの？」

虎の耳と尾は常に出していたが、彼が完全な虎の姿になったところは見たことがない。

「こちらの世界では、人の姿が保てないのだ。シグルドが言うには、強い魔力を持つソレユでなければ、来ることすらできないらしい――」

ラウラの告発を受けて、エリクはすぐにコンラッドの身柄を確保するよう命を出した。

しかし、それは相手も想定していたらしく、兵士がコンラッドの館に着くと既にもぬけの殻。国外に逃げたのだろうと兵が判断し国境の警備を固めたのだが、肝心のコンラッドは国内の別宅に身を隠していたというのが顚末《てんまつ》だ。

完全に裏をかかれた形となり、結果として優羽が元の世界へ戻されることを阻止できず、エリクは自ら異世界への転移を決めたのだと続ける。

「王が異世界に出向くのは初めてのことだから、シグルドが色々と手を尽くしてくれたのだが。やはり異世界への転移は負荷がかかる。獣の姿であれば、その負荷をある程度は撥《は》ね除《の》けることができるようだ。しかし……やはり恐ろしいか？」

立派な耳が悲しげに伏せられ、長い尾も力なく垂れ下がる。どうやら虎の姿になると、感情の変化が如実に表れるようだ。

「虎のエリクも、格好いいよ」

もふもふとしていながら威厳のある彼の頭を撫でると、喉のゴロゴロ音が大きくなる。

——大きな猫ちゃんだ！

真っ白い毛並みに顔を埋めてずっとモフっていたい衝動に駆られるが、優羽はエリクの言葉で我に返った。

「先ほど話していたことだが、私はこれから何をすればいい？」

「えっと、一緒に行ってもらいたいところがあるんだ。さっきは先輩にああ言っちゃったけど。エリク、一緒に来てくれる？」

「勿論だ。大切な優羽を、危険に晒すわけがない」

ポケットからスマホを出して、メモに書かれた住所を検索する。位置確認をすると、幸いそう遠くはないが徒歩では難しい距離だ。

「ここからだとちょっと遠いな。どうしよう」

エリクと移動するのだから、公共交通機関は使えない。タクシーだって無理だろう。考え込んでいると、エリクが思いがけない提案をする。

「私の背に乗りなさい。今の私は、魔力を解放している状態だ。優羽を乗せて空を走ることなど造作もない。その辺りにいる四足の塊よりも、ずっと速く走れる」

エリクの言う『四足の塊』とは、恐らく車のことだ。

「じゃあさ、目立つことをしてもいい？　考えがあるんだ」

「構わぬよ」

早速、優羽はエリクの背に飛び乗る。再び非常階段へ向かうと思いきや、エリクは屋上のフェンスに前足をかけ、そのまま空へとジャンプする。

「うわっ落ち……てない？」

「どこへ向かえば良いのか教えてくれ、優羽」

空中に留まったまま、エリクが問う。眼下にいる人々は、まだ空中で起こっている異変に気付いていていない。

「えっと。まず人の多い駅に行こう。捕まらない程度に、ゆっくり走れる？」

「わかった。方向け首の毛を引っ張って指示してくれ」

「うん。じゃあ出発！」

優羽が声を上げると、エリクがそのまま地上へと急降下する。

そして周囲を見渡し、悠然と走り出した。

繁華街に近い通りだったので、当然人も車も多い。加えて今日は、休日だ。

エリクの姿を見てそこかしこで悲鳴が上がるが、それ以上にスマホを構える人の方が多い。

優羽とエリクが駅に到着する頃には、通報で駆けつけた警察も見受けられるようになる。

そして街頭ビジョンには『速報』の文字と一緒に、誰かがネットにアップしたエリクの姿が映し出されていた。

——予想どおりだ。

巨大な白い虎が町中を走り回れば、当然注目を集めることになる。きっとネット上では、自分達の話題で大騒ぎだろう。

「エリク、あの制服を着た人に捕まると大変だから、ちょっとだけ空を飛んでもらえる？」

ここまで来ると、エリクも優羽の意図に気付いたらしい。一度走るのを止めて周囲を見回すと、喉を反らして獣らしい咆吼《ほうこう》を上げた。

空気を揺るがすその声に、優羽は全身の血が沸騰するような興奮を覚える。

——格好いい！

勇ましい番の姿に、胸が高鳴る。こんな状況でなかったら、すぐさま彼の鼻先に口づけていたのにと優羽は残念に思う。

しかし今は、やらなければならないことがある。

空中へと駆け上がったエリクに指示を出しながら、優羽はスマホに示された場所に向かう。

目指すは例の資産家の別宅だ。

野次馬が追いつけないギリギリの速度で別宅までたどり着いたものの、門の前で優羽は肝心なことに気が付いた。

「エリク、どうしよう？　鍵がかかってる」

今日は優羽が来る予定になっていたのだから、目的の人物がいるのはわかっている。だがインターフォンを押しても、出てくるような相手ではないだろう。

ここまできて計画は失敗したと項垂れる優羽に、エリクが落ち着いた声で告げる。

「中にいるのは悪人なのだろう？　ならば容赦することはない」

「エリク？」

何をするのかと尋ねる前に、エリクが門に向かって前足を振り上げた。そして鋭い爪で、塀ごと破壊してしまう。

そのままエリクは屋敷の中へ壁を破壊しながら入っていく。

「ユエの香りが強い。かなりの人数がいるようだ」

「その部屋に行こう」

エリクの鼻を頼りに、二人は奥へと進む。暫くすると、いかにも怪しい頑丈な扉が目の前に現れた。しかしその鉄製の扉も、エリクは紙のように引き裂いてしまう。

薄暗い部屋の中に入ると、愛人らしき男性のユエが数人、檻《おり》に閉じ込められ蹲《うずくま》っていた。

彼らの脚には鉄の輪が嵌《は》められ、完全に自由を奪われている。

「愛人て言ってたけど、合意じゃないじゃん」

ここまでヤバい状況とは思っていなかった優羽は、唖然《あぜん》として立ち尽くす。

「なんと、奴隷商の屋敷とは……」

先に事態を察したのは、エリクだった。

恐らくは様々な世界を覗くことで、このような奴隷貿易を行う世界も見てきたのだろう。

「彼らを逃がせばよいのだな、優羽」

「えっと、そうなんだけど……」

話している間にも、壊れた門の隙間から追ってきた野次馬がちらほらと入り込んでくる。

その殆どは、最近流行のネット配信者のようだ。

最初は優羽と虎の姿のエリクにスマホを向けていたが、室内の様子に気付くと一斉に被写体を変えた。

とその時、騒ぎに気付いた屋敷の主が現れる。

「何をしている！」

それはテレビや新聞でよく話題になる、中年の資産家だった。タイミングがいいのか悪いのか、片手にブランデーグラスを持ち下着一枚という、喜劇でも滅多に出てこない間抜けな格好だ。

――檻の中に半裸のオメガ、白い虎に、下着姿のおっさん……情報量が多すぎる！

配信者達もどれを撮ればいいのか迷っており、あちこちにカメラを向けては好き勝手に喋り続ける。まさにカオスとしか言い様のない現場だ。

しかしそんな騒ぎの中でも、エリクは毅然《きぜん》として資産家の男を睨み付けていた。

「正直に答えろ。貴様が奴隷商の元締めか」

「奴隷商？　私を誰だと思っている！　誰か、この妙な連中をどうにかしろ！　どうせリアルな着ぐるみだろう」

どうやらエリクを本当の虎とは思っていない様子で、追い払うようにしっしと片手を振る。

だがエリクは唸り声を上げて、近くにあった檻を片手で壊す。

ぐにゃりと曲がった鉄製の柵を見て、一気にその場が静まりかえった。

「ユエを奴隷として扱うなど、言語道断！　死罪に値する行為だ」

「待ってエリク！　貴方が手を汚すような相手じゃない！」

資産家に向かい飛びかかろうとするエリクにしがみつき、優羽は必死に止めた。そして彼の背から降りると、腰を抜かしている男に歩み寄る。

「貴方がしていることは、友人から聞きました。ユエ……じゃなくて、オメガをこんなふうに何人も監禁するなんて、犯罪ですよね」

「これは合意だ。金だって払ってる！」

「知りませんよそんなこと！　言い訳なら会見でもなんでも、開けばいいんじゃないですか」

信じてもらえるかはわからないけれど。と続けると、改めて自分の置かれた状況に気付いた愚かな男は頭を抱えて蹲った。

「二度とこんなことはするな。僕が言わなくても、できなくなると思うけど」

外からはサイレンの音が響き、野次馬に続いてスクープを狙う記者達も土足で入ってくる。白い虎が目当てで追ってきた彼らだが、オメガの囚われている檻と資産家を前にして、今はほぼ全員がそちらにスマホのカメラを向けていた。

中にはライブ配信を始めているユーチューバーもいて、現場は混乱状態に陥っている。

「今のうちに、私達の国へ帰ろう」

「うん……あ、ちょっと待って。もう一つだけ、お願いがあるんだ」

優羽がエリクの耳に囁くと、彼は快く頷いてくれた。


「優羽様！　エリク様！　ご無事でよかった。私がもっと早くお伝えしていれば……」

異世界に戻った二人を出迎えてくれたのは、ラウラとシグルドだった。

涙を流しながら抱きついてくるラウラを抱きしめ返し、優羽は頭を下げる。

「心配かけてごめんね」

「もう大丈夫だ。ラウラの勇気ある告発があったからこそ、すぐに優羽を追うことができたのだ。そう自身を責めることはない」

隣に立つエリクもいつの間にか虎から人の姿に戻っており、泣きじゃくるラウラを労《いたわ》る。

その後ろで、シグルドが盛大なため息を吐く。

「あと少し戻るのが遅かったら、虎の姿で固まってたんだよ。もう少し危機意識を持って、行動してほしいよ」

「固まって……どういう意味？」

「言葉のとおりだよ。魔力の放出時間が長くなると、体の形を保つために獣の姿が心身に定着するんだ。そうなるとこっちに戻っても、人間の姿に戻れなくなって……痛《いて》っ」

「無事に戻れたのですから、余計なことは言わないでください」

ラウラがシグルドの耳を抓《つね》る。

どうやら自分があちこち行って欲しいと頼んだことは、エリクにとって命がけとも言うべき行動だったのだと知って優羽は青ざめた。

「僕、僕……なにも知らなくて」

「私の意思で、行動したことだ。優羽が気に病む必要はない」

そんな危険を冒してまで、自分の我が儘を聞いてくれたエリクに、優羽は改めて感謝と謝罪を述べる。

「あのまま僕がこっそりに戻ったら、また次の被害者が出ると思ってエリクが異世界から来てるってこと忘れて頼んじゃったんだ。ごめんなさい」

人々を誘導している間は、やり過ぎたかもと不安に思いもした。けれどいざ資産家の家に行ってみれば、想像を超える有様だったので不安も消し飛んだ。

エリクが虎の姿のまま戻れなくなるという大きなリスクを伴う行為だったと知り、今更ながら体が震えて止まらない。同時に、エリクがなにも言わず、優羽を信じてくれたことに胸がいっぱいになる。

「わが番の判断に間違いはない。シグルド、お前も見ていたのだから優羽が何故あのような行動を取ったのか理解しただろう?」

「まあそうだけどさ」

「え、シグルドさん見てたの?」

「送り出しっぱなしって訳にはいかないからね。王族を異世界へ送ったのだから、責任があるし。ともかく、二人とも無事でよかった」

なんだかんだ言いつつも、シグルドは心配してくれていたようだ。

「異世界に渡った王族は、君が初めてなんだよねー。色々気になるし、ちょっと検査を──」

「もう、シグルド様は余計なことはせず、お二人を休ませてあげてください！　優羽様は、お気持ちを伝えてください。エリク様、番の寝室は整えてありますから」

「ありがとうラウラ。お前は本当に、気が利く」

「わっ」

エリクに抱き上げられた優羽は、そのまま寝室へと連れて行かれた。

ベッドに下ろされ、少し緊張した面持ちでエリクを見上げる。

「今回の件。コンラッドが起こしたものだが、原因の一つは私だ。君を不安にさせたことで、コンラッドにつけ込まれることになった。すまない」

「いいえ、僕がもっと早くエリクに話していれば防げたことです」

互いに気まずくなり、沈黙が落ちる。

——これじゃラウラがお膳立《ぜんだ》てしてくれたのに、意味がなくなる。

焦る優羽に代わり、先に口を開いたのはエリクだった。

「優羽。君が気にしていた、召喚を急いだ理由を話そう。我々は無闇にユエを召喚するのではなく、命の危機に瀕《ひん》していたり迫害を受けているユエを選んで召喚していた。自分は、平和に暮らしているにもかかわらず呼ばれたことが気になっていたのだろう？」

「うん」

「元の世界で、優羽が辛い目に遭いそうになっていると察知したゆえだ。よからぬ予感がしたので、君があの男のところへ向かう前に急いで召喚したが……奴隷商と繋がっていたとはな」

「どうして言ってくれなかったの？」

「――…怖がらせたくなかったのだ。何より信頼していた相手に裏切られたと知ったら、君は悲しむだろう」

ユエは心が繊細だから、少しでも負担を軽くしたくて黙っていたのだとエリクが続ける。

「気持ちは嬉しいけど、言ってくれなきゃわからないよ。……僕も生け贄の話は怖くて聞けなかったから、おあいこだけど」

「生け贄とは何の話だ？」

問われて、優羽はコンラッドから聞いた内容を、そのまま伝える。

「そのようなことを聞かされたら、怯《おび》えるのも無理はない。優羽、コンラッドの言葉は、全て嘘だ」

そもそも神に身を捧げたユエは、戦を終わらせるためにその身を投げ出した。そして神は苦しむユエを更に追い詰めたソレユに、怒りを向けたのだ。

そう改めて説明されれば、コンラッドの話は酷い作り話だと優羽も理解できる。

「――確かにユエが生まれるようになれば、この世界は安定する。しかし犠牲を払ってまで願おうとは思わない。神も望みはしない」

力強いエリクの言葉に、優羽ほっとして胸を撫で下ろす。信じ込んでいた訳ではないが、こうして納得のいく説明を聞いて、もやもやとしていた気持ちもやっと落ち着いた。

「じゃあ次は、エリクが悩んでることも、教えてよ」

真っ直ぐに目を見て問うと、エリクは僅かに躊躇してから意を決したように打ち明けた。

「気付いていたのか……そうだな。優羽には全て話そう。私はユエを強引に連れてくる制に、ずっと悩んでいた。いくら不幸なユエを選んでも、攫《さら》っている事実は変わらない。記憶を消すことも疑問だ。辛い記憶を忘れるのは良いことだと思うが、憶えておきたい思い出も消える」

自分も友人や育ててくれた親戚《しんせき》のことをすっかり忘れていたから、忘却の恐ろしさはわかる。

「項を噛んでしまえば、元の世界へ戻すことも困難になる。こちらでの記憶をなくしても、番になった事実は消えないからね」

「だから僕の項を、噛まなかったの？」

頷くエリクに、優羽は手を伸ばして彼の頬に触れる。どれだけ彼はユエを大切にし、それ故に苦悩してきたのかと思うと、胸が痛くなった。

「だったら、召喚したユエにここにいたいのかどうか。聞けばいいんだよ。もしここに住みたいけど記憶は消したくないって言うならそうすればいいだけだし」

単純だが、それはユエを欲するソレユ達にしてみれば難しい問題なのだろう。

元の世界で苦しんでいた全てのユエが、召喚された先での生活を心から喜ぶかは疑問だ。辛くとも大切にしてくれる家族や友人がいたならば、戻りたいと願うユエは必ずいる。

「ラウラや他のユエは、こっちに召喚されたことで助かったわけだし。召喚することが悪いことだとは思わない。だから召喚したユエとは話し合って、辛くても戻りたいって言われたら、できる範囲の庇護……ええと、魔術で戻す場所を変えるとかしてさ、戻せばいいんじゃない？」

考え込んだエリクに、優羽は尋ねる。

「難しいことなの？」

「元の世界へ戻ったのは優羽が最初のユエだから、可能だとは思う。後は元老院や、他国との協調が取れるかどうかだが……時間はかかるが、協議してみる価値はあるな。素案を出す際に手伝ってくれるか？」

「勿論！　僕の世界は、割り切っちゃえば生きやすい世界だと思う。でも何より愛してくれる運命の番がいる世界で暮らしたい。こっちに住みたいユエも、戻りたいユエも。みんなが納得して暮らせる世界にできるといいね……エリク？」

急に抱きしめられ、優羽はきょとんとしつつも彼の背に手を回す。

「やはり君は、素晴らしい。初めて君を鏡越しに見た瞬間、運命の番として惹かれたのは事実だ。長く優羽の生き方を見てきて、心を惹かれた。今の優しく聡明な言葉で、君への思いが更に強くなった」

「大げさだよ、エリク」

優羽はそっと彼の胸を押して抱擁を解いてもらうと、月光に輝く緑の瞳を見つめた。吸い込まれるような深い緑の瞳に、輝く金髪。信じられないほど整ったその容姿は、今でも直視すると鼓動が跳ね上がる。

自分の頬が紅潮していくのを自覚しながら、優羽は問いかける。

「僕のこと、運命の番でなかったとしても……愛してる？」

「当然だ。私は優羽という唯一無二の存在を愛している」

柔らかい笑みで返され、これまで感じたことのない感情が優羽の胸を満たす。

「僕はあなたの番になります。エリク・ヴァロワ」

その言葉は、自然に唇から零れた。

神聖な場所で愛を誓う時のように、穏やかな気持ちで愛を告げる。

「愛しています。どうか、項を噛んで」

「優羽……愛している」

膝の上で後ろ向きにされた優羽の項に、エリクの唇が触れた。

ぞくぞくと全身が震え、優羽はきゅっと目蓋を閉じる。

「あっ」

薄い皮膚に歯が立てられる。痛みは一瞬で、すぐに頭から足の先まで多幸感に包まれた。

――これが、運命の番……。

身も心も、エリクのものになっていく悦びに胸が震える。

「大丈夫か、優羽？」

甘噛みを何度か繰り返してから、エリクが口を離した。

「平気、だけど……」

全身が熱くなり、腹の奥が切なく疼《うず》く。

「ヒートを迎えたな。フェロモンも強い」

「僕、フェロモン出せてるの？　番としてのフェロモンって、項を噛まれてから三時間後に出るって習ったけど」

「フェロモンはソレユを誘う際に、自然と分泌される香りだ。そのような決まりごとはない。優羽の世界では、大分偏った知識がまかり通っているようだな」

「よくわかんない、から……エリクが、教えて？」

これもフェロモンとヒートの影響なのか、舌足らずな話し方になってしまう。それをエリクは笑うことなく、真摯に頷いてくれる。

「ユエの心身の変化は、これからゆっくり憶えていけばいい。今は何も考えず、本能に従って私に全てを委ねなさい」

番であるエリクの優しい言葉に、優羽は安堵《あんど》して頷く。彼に任せていれば大丈夫だと、本能が告げている。

膝から下ろされベッドに横たえられた優羽は、エリクの手で着ているものを全て剝《は》ぎ取られた。そしてエリクも、素早く服を脱ぎ捨てる。

「濡れているな」

「あっん」

足を広げられ、後孔にエリクの指が触れた。これまで散々慣らしてもらった場所だが、信じられないほど蜜が溢れているとわかる。

そして彼の指が触れたことで、下腹の疼きはどうしようもないほどに酷くなる。

「お願い、エリク。いれ、て」

びくびく震える後孔を、優羽は自らの両手で広げた。はしたない姿を曝《さら》し、羞恥で泣きそうになる。けれど飢餓のようなヒートに頭が壊れてしまいそうで、優羽は必死にエリクをねだる。

「君の望むものは、全て捧げよう。優羽、君をもらうよ」

「エリク……あ、あぁっ」

硬く反りかえった雄が、躊躇なく優羽の後孔に突き立てられた。今までなら途中で止まっていたそれが、更に奥へと突き進む。

「っん、ひっ……ぁう」

奥を小突かれ、優羽は喉を反らして甘く鳴いた。無意識に浮いた腰をエリクに摑まれ、更に性器が最奥を突き上げる。

「も、だめ……エリク……」

甘い波が何度も押し寄せ、軽くイくのが止まらない。とその時、優羽は自身の体の変化に気付く。

これまで挿らなかった最深部が、小突かれる度に疼くのだ。

「男性のユエにだけ存在する、子を作る場所だ。番にならなければ、開くことはない」

「子作りの、場所？　……っ」

意味を理解した瞬間、きゅんと内部が締まる。すると内部のエリクが更に質量を増し、最深部を突き上げた。

「あんっ」

くぷりと音がして、深い場所に性器の頭が入り込む。これからエリクの番として子作りをするのだと、優羽は本能で理解する。

四肢をエリクの体に絡ませ密着させると、エリクも摑んだ腰を引き寄せしっかりと亀頭を奥の秘めた場所に塡《は》め込んだ。

「ん……ぜんぶ、挿った……ぁ」

満たされた幸福感に、優羽はふにゃりと微笑《ほほえ》む。甘イキが続いているのに、体はもっと深い快楽を受け止める準備を進めている。

「えりく、すき……」

「ああ、私も愛しているよ」

口づけを交わしながら、愛を囁き合う。でもそれだけでは、すぐ物足りなくなった。

「僕のおくに、こだね……だして」

「いい子だ、優羽」

はしたないおねだりを褒められた次の瞬間、まるでご褒美のように突き上げられる。

頭の中まで快楽で真っ白になり、優羽はエリクの背に爪を立てた。

「い、くっ……いっちゃう……」

気持ちいい感覚が、上がってくる。

「それ、だめ……っ」

中からの刺激で優羽は堪《こら》えきれず蜜を放った。そしてほぼ同時に、最奥にエリクの精が注がれる。

これまでは浅い場所で放たれていた重たい精液が、弱く敏感な最奥にかけられ内壁が痙攣《けいれん》する。

中が敏感になり、飛沫が肉襞に当たる感触もわかってしまう。

「なか、びくびくするの……とまんない……」

「ユエとして体の準備が整った証だ。怯えることはない」

雄を締め付ける度に軽くイくので、呼吸がなかなか整わない。

抱きしめてくれるエリクに身を委ねていると、内部の雄がまだ硬さを保っていると気付く。

「エリクの、硬い……？」

「愛らしい優羽の姿を前にして、一度で終われるわけがない」

唇を舐《な》められ、優羽はくすぐったくて笑ってしまう。

しがみついて肩口に顔を埋めると、心を擽《くすぐ》るような香りがふわりと漂った。

「エリクのフェロモン……いい香り……」

「番は交合の間、互いのフェロモンに酔うと聞く。優羽の香りも、とても心地がよい」

口づけを交わすと、より一層香りが濃くなる。

精液をかき混ぜるように奥を捏ねられ、体が芯から蕩《とろ》けてしまうような錯覚に陥る。

「優羽の中は、次の準備ができているようだ」

「わかってる、でも……きもち、よすぎて……変な声、でるから……」

達したばかりなのに、立て続けにまたあの快楽を受け止めたらどうなってしまうかわからない。

「声きいたら。エリク……僕のこと嫌いになる」

「大丈夫。私達は運命の番なんだ。愛しい番の鳴き声を嫌うわけがない」

「あっん、く、う……ッふ」

ゆっくりと雄が入り口ギリギリまで引き抜かれ、再びゆっくりと埋められていく。もどかしい動きに焦《じ》れて腰を上げると、奥の狭まった場所を小突かれた。

「あ、ぁ……さっきから、奥が……へん……とん、てされるといく」

しがみつくと、更に激しく雄が突き入れられる。

「だめっ……だめなの……ッ」

ユエの一番弱くて大切な場所を容赦なく愛されて、体は悦びに震える。

――からだが、ほしがってる……。

恥ずかしいのに、気を抜くとまたはしたない言葉でエリクをねだってしまいそうだ。必死に堪える優羽だが、的確に感じる場所を愛してくれるエリクの動きに理性はあっけなく崩れ去った。

「っ、ぁ……エリクの……もっと、おくにほしい」

根元まで性器が入り込み、子作りの場所に再び精液が放たれた。

「つくぅ……あぁッ」

叩《たた》き付けるようなその勢いに、優羽は自身の蜜を放たず奥の刺激だけで達してしまう。

長い射精の間、優羽の後孔はしっかりと雄を食い締めて不規則な痙攣を繰り返した。

「あ、あ……このまま……」

「いい子だ、優羽。私の形を、しっかり意識してごらん。もっと悦くなる」

「……ひゃっ、ん……」

エリクが優羽の片手を取り、下腹部へと導く。射精しながら突き上げてくる逞《たくま》しい性器を皮膚越しに感じて、優羽は頬を染めた。

「僕もエリクも、一緒にイッてる……嬉しい」

「愛している、優羽――」

「あ、ああっ……エリク……すきっ」

痙攣する内部を擦り上げられると、大量の精液がかき混ぜられ泡立つ音が中から響く。その淫《みだ》らな音と、自分の口から零れる甘い鳴き声をエリクは嬉しそうに聞いている。

「もっと私に、優羽の可愛らしい声を聞かせてはくれないか？」

「エリク……ひ、ッ……あん……」

愛しい番の求めを、断るなんてできない。優羽は恥じらいながらも、甘い嬌声《きょうせい》を上げる。

「……ねえ、エリク……エリクも、気持ちよくなって。僕だけじゃ、嫌だ」

「君はどうして、そんなにも可愛いんだ。優羽」

「う、あっ……ぁ」

再び射精が始まり、優羽はエリクの腕の中で身悶《みもだ》える。果てしなく甘いだけの時間は、ゆっくりと過ぎていった。

＊＊＊＊

番となって初めての交合が終わったのは、翌日の昼を大きく過ぎてからだ。

流石にお腹が減ったので、優羽は客間に行きたいとエリクに頼む。女官に食事を運ばせようとエリクから提案されたけれど、ベッドの惨状と交合の香りが漂う室内に人を入れるのは、流石に抵抗があったので止めてもらった。

疲れ切った優羽はエリクに体を清めてもらい、服も着せてもらう。ただ一人で歩くのはどうにも心許《こころもと》なかったので、彼に抱いてもらった状態で部屋を出るとそこには信じられない光景が広がっていた。

廊下には立派な服を着た貴族と思わしき人々が大勢控えており、半数くらいは何かしらの動物の耳や角が生えている。

彼らは二人が廊下に出ると、一斉に跪《ひざまず》く。

「元老院の老臣と貴族共だ。獣の部分が見えているものは、王族と魔術師だ」

そうエリクが小声で優羽に教えてくれる。そして彼らの視線から優羽を隠すように、さりげなく肩にかけていたローブで包んでくれた。

ただ一人、跪かなかったシグルドが、エリクの前に進み出る。普段と違い、宝石で装飾された杖《つえ》を持ち、着ているローブも豪華な刺繡《ししゅう》が施されている。

「陛下《へいか》、王妃様。まずは番となられたことをお喜び申し上げます。そして集った皆様方。我が国の繁栄は約束されました。ここにおいて、番の儀式が無事に執り行われたことを宣言いたします」

シグルドがそう告げると、優羽とエリクにだけわかるように片目を瞑《つぶ》る。

「それでは皆様。これより先は私が代表して、王妃様の項の確認を致しますのでお下がりください」

その言葉に何人かはざわついたが、殆どの貴族は異を唱えることもなく離宮を去って行った。

「お疲れ様。簡略だけど、番の儀式は終わらせたから。もう大丈夫だよ」

「……あの人達、ずっと待ってた訳じゃないよね？」

いくら扉が分厚いとはいえ、交合の間ずっと廊下で待たれていたとなると気まずすぎる。

「出てくる日時は魔術師が占い、直前に知らされる。流石に彼らも、馬鹿げた真似はしない」

三人で連れ立って客間に入ると、ラウラと女官達が食事の準備をしているところだった。

「君達が儀式を行っている間のことを伝えなきゃいけないから、僕も同席するよ。ラウラちゃんも座って」

「よろしいのですか？」

「丁度夕食の時間だし、一緒に食べようよ。いいよねエリク」

「ああ」

そうして和《なご》やかな雰囲気で食事が始まった。

最初こそ他愛ない会話だったが、シグルドの報告を聞くとエリクが顔を曇らせる。

まず優羽を元の世界に戻したコンラッドは、逃げた先で兵士に捕まり今は城の地下牢に入れられているとのことだった。

コンラッドの罪状は王位を狙った反逆罪とされた。

「言い分としては、番がいなければ正式な王位継承式はできないからね。優羽君を排除したかったんだって。ていうのは部下に言ってたことで、本心じゃない」

ジャムをたっぷりと塗ったパンを頬張りながら、シグルドが肩を竦《すく》める。

「黒髪・黒目のユエを番にすれば、周囲からも羨ましがられる。もっとちやほやされたかった、っていうのが動機だそうだ。つまりはエリクが羨ましかったんだろうね」

「動機って、それだけ？　エリクに代わって、王様になりたいとかじゃないの？」

余りに幼稚な動機に、優羽の方が驚いてしまう。

「なんとなく予想はしていたけれど、本当にそれだけみたいだよ。馬鹿だよね」

隣に座るエリクが、深いため息を吐く。

罪人とは言え、コンラッドは彼の従兄だ。複雑な思いがあるのも無理はない。

けれどエリクはそんな思いを断ち切るように、きっぱりと告げる。

「理由は何であれ、彼のしたことは反逆罪だ。王妃への卑劣な行いも考えれば、追放が妥当だろう」

「わかったよ。元老院も賛成するだろうから、問題ない。僕が伝えておくから、君は暫く離宮で優羽君と過ごしなよ」

「忙しいのに、頼ってしまってすまない」

「雑用も宮廷魔術師の仕事ですから」

胸を張るシグルドの横で、ラウラがくすりと笑った。

「あのさエリク、お願いがあるんだけど」

「なんだい？」

「元の世界が見たいんだ。戻りたいとかそういうんじゃないから安心して」

エリクを不安にさせないよう、優羽は丁寧に説明する。

「先輩が真面目に仕事してるか心配でさ。あと、資産家のところにいた人達も気になるし。どうなったか、確認したいんだ」

「それは構わないが。シグルド、頼めるか？」

「問題ないよ。食事が終わったら魔方陣の用意をするから少し待って」

そして夕食後、改めて召喚の儀式に使う部屋に集った四人はシグルドの用意した巨大な鏡の前に立っていた。

「長くは見られないがいいか？」

「はい」

「優羽様、これを……大切なお品なのですよね？」

ラウラが差し出したのは、あの絵本だ。元の世界からこちらへ戻ってくる前に、優羽はエリクに頼んで一人暮らしをしていたアパートに寄ってもらい、この絵本だけを持ち帰ったのだ。

戻ってきてすぐ寝室へ行くことになったので、なくしてしまわないようにラウラに預けておいたのだ。

「ありがとう、ラウラ」

優羽はしっかりと絵本を抱きしめると、鏡の中を覗き込む。

霞がかかったような鏡面は、次第に何処かの景色を映し出す。

「先輩だ」

どうやら市河は会社をたたみ、別の会社で一社員として働いてる様子だった。またゆらりと鏡面が揺れ、誰かが読んでいる週刊誌が映る。そこには例の資産家が、逮捕されたという内容が書かれていた。

見出しで確認できる限りだが、他にも悪事がバレてかなり重い刑になるらしい。愛人として囚われていた者達は、とりあえず医療機関へと送られたようだ。

ここから先は、彼らが自分で選択して進むしかない。

それは自分も同じだ。

「よかった」

ほっと息を吐くと、鏡面が大きく波打つ。そして映し出されたのは、自分を引き取り育ててくれた親戚一家だった。

リビングには優羽の高校入学の際に『記念に』と養父が言い出し、揃って撮った写真が飾られている。

「君は愛されていたんだね、優羽」

「……はい」

これで自分の憂いはなくなった。

ゆっくりと霞んでいく鏡を見つめていると、背後からエリクが優羽を抱きしめる。

「――この本を読んで、『運命の番』を探そうって思ったんです。だから僕とエリクを会わせてくれた、大切な本なんです」

「ああ、君の支えになっていた本だと知っていたよ。内容まではわからなかったが……」

「後で一緒に読もうね」

そっと体を反転させられ、エリクと向き合う。

もう元の世界には戻れないけれど、不思議と悲しい気持ちにはならなかった。

「僕はエリクと、この世界で生きていきます」

自分に言い聞かせるように、優羽は誓う。

「愛しい君が悲しむことのないよう、私は生涯をかけて優羽を愛する」

鏡の前で唇を重ねると向こうの世界は消え、愛し合う二人の姿だけが映っていた。

いとしい巣ごもり

「ラウラ、どこ行ったんだろう」

城の長い廊下を歩きながら、優羽《ゆう》は首を傾《かし》げる。

無事に異世界へと戻ってから半年後、エリクと優羽は結婚式を挙げた。二人の門出を国中の民が祝い、周辺国からも祝いの品と祝辞を携えた使者が訪れた。

そして数日続いたお祭り騒ぎが収まるのを見届けてから、ラウラとシグルドもひっそりと番《つがい》の儀式を執り行ったのだ。

勿論《もちろん》、優羽は二人が番となることを喜んだ。

本来なら王妃《おうひ》の側仕えとして召喚されたユエの挙式は、同時に行われる。しかし、今回に関しては元老院から無粋な物言いがついてしまったのだ。

ラウラは元々、コンラッドの番として召喚されている。そして脅されたとはいえ、優羽に危害を加えようとしたコンラッドに加担したと見なされ、一時期は罪人として扱うべきか論じられたらしい。

当然ながら、そんな馬鹿な真似《まね》はエリクが許さず、ラウラに非がないことはすぐに立証された。そしてコンラッドには、地方の城に監視付きで幽閉という沙汰が下った。

魔力と王位継承権は剝奪され一件落着と思いきや、どこからか元老院で揉《も》めていると聞き知った彼は明らかな嫌がらせで『番であるラウラを寄越せ』と代理人を立ててまで申し出たのである。

皆が頭を悩ませている中、分厚い書物を抱えて裁判所に現れたのはシグルドだった。

彼は居並ぶ元老院のお偉方や、コンラッドの代理人、そしてエリクと家臣達を前に自国だけでなく他国の判例や、残されている戦前の記録などを挙げ喋《しゃべ》り続けた。

そして六時間の大演説の末、ラウラを自らの番とすることを満場一致で認めさせたのだという。

エリク曰《いわ》く『あんな恐ろしいシグルドは初めて見た』とのこと。

心労がたたり臥《ふ》せったラウラに付き添っていた優羽はまさかそんなことになっているとはつゆ知らず、全てが終わってからエリクから事の次第を知らされたのである。

けれど王妃の側仕えであっても宮廷魔術師長官の番となるのなら、同じ日に式は執り行えないと元老院側は譲らず、数日遅れての式となったのだ。

昨日行われた式はエリクの計らいで、王城内にある王族だけが使う特別な祈りの部屋が使われた。

招かれた客人も、士族を含め身分を問わず二人と親しくしている人達ばかりで、とても和《なご》やかな祝いの日になった。

「――優羽様？　どちらへ？」

「あ、丁度良かった！　ラウラどこにいるか知らない？」

廊下を曲がったところで、優羽は一人のユエに声をかけられた。長い金髪の女性は優雅に会釈をすると、小首を傾げた。

「ラウラさんは式を挙げたばかりですし……寝室だと思いますよ」

「そうなんだ。ありがとう！」

彼女を含め王宮に住むユエの男女の比率は半々で、全員合わせても十人しかいない。式前のパーティーで顔合わせをした時に色々話してみたが、優羽の住んでいた世界から召喚されたユエはいないようだった。

元の世界での記憶を殆《ほとん》ど失っているから調べようもないのだが、彼らが憶《おぼ》えている限りの思い出を聞く限り、同じ世界に住んでいたとは考えられない内容ばかりだった。

けれどみな穏やかないい人達ばかりで、優羽が王城へ来るのを心待ちにしていたと口々に伝えられほっとした。

——ラウラとシグルドさんが寝坊するなんて珍しいよな。

朝食の席に二人の姿はなく、女官に聞いても曖昧に微笑むだけではぐらかされてしまった。

午前中は作法の勉強が入っていたのだけれど、やはりラウラは現れなかったので優羽は「部屋に飾る花を摘《つ》みに行きたい」と教育係に告げて出てきたのである。

——みんななんか隠してるっていうか……うーん。

エリクに聞けたら良かったのだが、タイミング悪く早朝から政務が入り、朝食の前に部屋を出て行ったきりで会えていない。

「えっと、たしかこの廊下を右に曲がって……」

部屋の近くまで来た優羽は、すぐ違和感に気付いた。扉は少し先に見えているのだけれど、まるで湖面を覗《のぞ》き込んでいるかのように空気がゆらゆらと波打っているのだ。

「これって、魔術なのかな？」

歪《ゆが》んだ空気に手をかざすと、透明なゼリー状の何かが行く手を阻んでいるとわかる。

ぷにぷにしている空間が面白くてつついたり引っ張ったりしてみるけれど、それは全く崩れる気配がない。

「ラウラー、起きてる？」

呼びかけてみても、この透明なゼリーは音をも遮断しているらしく何の返答も聞こえなかった。

しばらくこの不思議な壁を眺めていた優羽だが、ほどなく自分の力ではどうしようもないと理解する。

「もどろう。……っとその前に、花をもらいに行こう」

手ぶらで戻れば、何をしていたのか聞かれるだろう。答えなくても怒られたりしないだろうけれど、あの人のよい作法の教師を困らせるのは何だが胸が痛む。

ラウラに会うのは諦め、優羽は部屋に飾る花を摘むために庭へと出た。

その夜、優羽がエリクに会えたのは夜半を過ぎてからだった。

やっと仕事を終えたエリクと一緒に夜食を食べながら、昼間の出来事を話す。ちなみに夜食は、優羽お手製のハンバーガーである。

「――それはシグルドの結界だな。部屋の周囲に壁を作り、音や気配を遮断する」

「そんなに疲れてたんだ。悪いことしちゃったな……」

考えてみれば、身内だけを集めた式とはいえ主賓であるラウラ達は疲れていただろう。深く考えず部屋に入ろうとしたことを、優羽は反省する。

だがそんな優羽に対して、エリクが悪意なく追い討ちをかけた。

「いや、眠っていた訳ではなく巣ごもりが始まったのだな。喜ばしいことだ」

「すごもり？」

「番になったユエとソレユは、ユエの体の準備が整うと数日間かけて子作りをする。私達はそれを『巣ごもり』と呼ぶのだよ。シグルドが結界を張っているのなら、ラウラに強いヒートが来たのだろう。……優羽？」

「それってさ、つまり、僕は二人の……その……えっちの邪魔をしたってことだよね？」

真っ赤になった顔を両手で覆い、優羽は項垂《うなだ》れた。

結界をつついたり引っ張ったりした自分が恥ずかしい。

「人を立ち入らせない為の結界だから、優羽が気にすることではないよ。それに二人は、優羽が部屋に近づいたことにも気が付いていないだろうしね」

そう言われても、自分の仕出かしたことは『知りませんでした』では済まない気がする。

「優羽、自分を責めることではない」

「でも……」

「どうしても自分の行いが許せないのであれば、巣ごもりが終わったら謝罪に行けばいい。その時は何故そのような行動を取ったのか、きちんと説明することだ。――そんなことをしなくても、ラウラとシグルドは君を責めたりしないと思うけどね」

夜食を食べ終えたエリクがナプキンで手を拭《ふ》くと、優羽の腰《こし》に手を回して抱き上げ膝《ひざ》の上に乗せる。

「しかしこの『はんばあがあ』は、食べやすくて非常に便利だ」

「良かった。気に入ってくれたなら、また作るね」

「ああ、優羽は城の料理長も舌を巻く料理の腕前だと評判だよ。愛らしく聡明なだけではなく、料理上手《じょうず》な番を得た私は何と幸せなソレユなのだろうか」

「……それ、褒めすぎだから……」

気恥ずかしさを誤魔化すように、優羽はふいと視線を逸《そ》らす。

「僕こそ、エリクみたいに素敵な人が運命の番で……すごく嬉《うれ》しい」

「君は本当に、番を煽《あお》るのが上手だ」

エリクに抱えられ、優羽は隣の寝室へと運ばれた。ベッドに下ろされた優羽は、枕元に自分が摘んだ花が飾られていることに気付く。

「ベッドを飾る花を王妃自ら選んだと、女官から聞いた。気配りのできる良きユエだと、作法の教師も褒めていたぞ」

「……そうなんだ」

まさかラウラの部屋へ行くために嘘《うそ》をついたとも言えず、優羽は笑って誤魔化す。

——庭で摘んだ花。花瓶に生けようと思って置いといたらいつの間にかなくなってたけど、まさかここに飾られてるなんて……。

「優羽はユエとしての知識に乏しいことを気にしているようだが、本能はしっかりと機能している。だから何も不安に思うことはない」

エリクの首に腕を回すと、彼の両腕が背を支えてそのままベッドに横たえられた。覆い被《かぶ》さってくるエリクを見上げ、優羽はぽつりと呟《つぶや》く。

「僕も巣ごもりができるくらい、強いヒートが来るのかな？」

「来るとも」

即答するエリクは、全く疑っていないようだ。

「でもラウラは式が終わった夜に、強いヒートが来たんだよね……」

今も自分はヒートになってエリクを誘うフェロモンを放っているけれど、それは巣ごもりするほど強くないと自覚している。

「ラウラはこちらへ来てから大分経つ。側仕えのユエが王妃より先に巣ごもりをすることは、珍しくないんだよ」

いくら魔術でヒートを抑えていても、体はもう十分にこちらの世界に馴染《なじ》んでいる。だから魔術を解かれた初夜に、強いヒートに陥るのは当然の流れらしい。

そう言われても、優羽の不安は簡単に消えてはくれない。エリクもそれは承知しているらしく、あやすようなキスを繰り返し優しく頭を撫《な》でてくれる。

「ゆっくり、私達のペースで進もう。いずれ巣ごもりの時が来たら、優羽にもわかるよ。他に不安があれば、何でも聞きなさい」

「えっと、不安とかじゃないんだけど……」

「ん？」

「やっぱり、なんでもない」

「ではそろそろいいかな。我慢できそうにない」

ワンピースのような白い夜着の裾《すそ》をたくし上げられ、優羽は息を呑《の》む。

——このパジャマ、やっぱり恥ずかしい。

王妃が夜間、私室で着る服はこの一枚だけで下着も着けていない。寒くはないけれど、優羽からすれば心許《こころもと》ないことこのうえないのだ。

「あんっ」

性器の先端を擽《くすぐ》られびくりと腰が跳ねる。僅《わず》かに開いた脚の間にエリクの手が滑り込み、優羽の後孔に触れた。

「ぁ、だめ……」

「何故？　ココは私を受け入れたいと訴えているが？」

「やんっ……エリクの意地悪っ」

後孔は蜜を滴らせ、雄を欲してヒクついている。濡《ぬ》れそぼった入り口を軽く押されただけで、そこはエリク指を易々《やすやす》と銜《くわ》え込む。

「ひゃ、んっ」

「そのまま楽にしていなさい」

番になってから何度かセックスをしたけれど、未《いま》だに慣れない。

自分の体が濡れてくる感覚も不思議で、終わった後にはいつもエリクの性器を本当に受け入れていたのか考えてしまう。

——気持ちいいし、お腹の中がなんか満たされるから……ちゃんとセックスできてるんだろうけど。やっぱり不思議。

ヒートを完全に抑えられて生きてきた優羽は、ユエとしての本能が解放され日々変化していく自身に翻弄されている。

運命の番を得られて嬉しいのに、抱かれる度に激しくなる快楽への欲求が怖くもあった。

「あ、あっ。そこ、押しちゃ……や」

「前立腺《ぜんりつせん》が膨らんできている。体がユエらしく変化している証《あかし》だよ」

指の腹で敏感な前立腺を撫でられた瞬間、目の奥で快楽の火花が散る。少し触られただけで達してしまうほど、優羽の体は快楽に弱くなってきていた。

「んっぁ……も、えりく……」

びくりと内股《うちもも》が震え、優羽は脚をすり合わせる。

恥じらいと期待で真っ赤になった優羽の頬《ほお》に、エリクがそっと唇《くちびる》を寄せた。

「愛しているよ、優羽。体の力を抜いて」

こくりと頷《うなず》けば、エリクの手が優羽の膝裏を摑んで左右に押し広げる。無防備な姿を曝《さら》していても、羞恥より快楽への期待が勝る。

「あ、エリク」

体を割り入れ、張り詰めた性器をエリクが優羽の中へと突き入れた。優羽は小さく悲鳴を上げつつも、腰を上げて彼を迎え入れる。

「エリク、好き」

「ああ、私も好きだよ」

淫《みだ》らな熱を帯びた視線を絡ませ、口づける。

幸せな番の営みは、明け方近くまで続いた。


三日後。巣ごもりが終わったと女官から連絡を受けた優羽は、すぐにラウラの部屋に向かおうとした。

けれどまた失礼なことをしてしまうのではないかと迷っていると、一時間ほどしてラウラの方から優羽の元を訪ねてきてくれた。

「失礼致します、優羽様――」

いくらかほっそりしてはいたけれど、ラウラは嬉しそうに微笑《ほほえ》んでいる。そんな彼に駆け寄ると、優羽は頭を下げた。

「ごめんなさい！　僕、シグルドさんの作った結界の意味がわからなくて、何度もラウラを呼んじゃって……」

「気になさらないでください」

「僕も……式の夜は、エリクと……したけど。朝は普通に起きれたから、ラウラも同じかなって勝手に思い込んでて」

「いえ、私にご用があったのでしょう？　急なことでしたので巣ごもりのご連絡もできず、申し訳ございません」

「あ、えっと。僕の知識不足だから、ラウラが謝ることじゃないんだ……そうだ、ラウラお昼ご飯まだだよね？　一緒に食べよう」

ラウラの手を取り、大きな窓のある隣室に移動してソファに座ってもらう。

——元気そうだけど、痩せちゃってるよな。

巣ごもりの間、ラウラとシグルドが部屋から出ることはなかった。元々細かったラウラは三日間の交合で更に痩せており、心配でいたたまれない気持ちになる。

「丁度エリクの夜食の試作品を作ったんだ。多めに作っちゃったから、ラウラも良かったら食べて」

「よろしいのですか？」

「もちろん」

テーブルに並べられた大皿には、様々な具材を挟んだサンドイッチが載っている。未だに殆どの具材の名前と味が一致しないので、色々作って味見をしている段階だ。

「お料理の記憶が消えなくて良かったですね」

「うん。作ってると段々他のレシピも思い出してきたんだ」

最初の頃こそ、所謂《いわゆる》『手が憶えている』状態で作っていたので失敗したこともあった。けれど記憶を消す薬を短期間しか飲んでいなかったのと、一度元の世界へ戻ったことが幸いして、優羽は記憶を保持したまま生活している。

お陰でこうして、料理の腕を振るえるようになった。

「こっちはヴィシソワーズ。お芋の冷たいスープだよ。あとチーズケーキも焼いてみたんだ」

「優羽様は素晴らしい技術と才能をお持ちなのですね」

至福の表情でサンドイッチを頬張るラウラを前にして、優羽は内心ガッツポーズを取る。

――味は大丈夫そうだし、今度はもっとたくさん作ってお城にいるユエの人達にも食べてもらおう。

召喚されたユエ達の殆どは、以前住んでいた世界では筆舌に尽くしがたい迫害を受けていたとシグルドから聞いている。今は番に愛され魔術で記憶も消えているけれど、心に負った傷は悪夢となって彼らを苦しめているらしいのだ。

ラウラも同じように悪夢に苦しんでいたのだが、優羽の作るお茶菓子を食べるようになってから悪夢を見なくなったと喜ばれた。シグルドからも『僅かだけれど、優羽君にはこちらの世界にない魔力の反応がある』と太鼓判を押されているので、何かしら手料理が作用しているのだろう。

「あの、優羽様。私に何かお尋ねになりたいことがあると聞いておりますが」

お茶を飲んで人心地ついたラウラが、話を切り出す。

「……うん。その、エリクには聞きにくくて」

「と言いますと、ユエの本能に関する事でしょうか？」

流石、ラウラは察しがいい。

「運命の番は出会うと強いフェロモンを出して……する、んだよね？　元の世界から戻った時も結構強いヒートだったと思うんだけど……あれ以上なのかな？　そうなるとさ、その
……」

言い淀《よど》む優羽に、ラウラが優しい眼差《まなざ》しを向けた。

「自分の体が変わってしまうことが、怖いのですね？　私も、恐ろしかったからわかります」

「ラウラも怖かったの？」

「ええ、この身に子を宿すのだと理解した瞬間、泣いてしまいました」

決して番を嫌っている訳ではない。愛するシグルドとの愛の結晶を宿すことは、幸福なことだとわかっていた。

けれどいざ巣ごもりに入ると、ラウラは足が竦《すく》んでベッドに入れなかったと正直に告げる。

「女性のユエでも、不安定になる方はいると聞いてます。男性であれば、更に不安でしょう。特に私は『男のユエは、淫らなだけで使い物にならない』と誹《そし》られて生きてきました」

すり込まれた悪意は、記憶が薄れてもラウラの心を傷つけていた。だがその傷ごと愛して

くれたのが、シグルドだとラウラが続ける。

「シグルド様は、私の心と体が受け入れられるようになるまで、根気よく接してくださいました。あの方には、感謝しかありません」

「自分の体のことなのに全然わかってないからさ、エリクに嫌がられないかなとか色々考えちゃって」

「嫌がるわけはありません。王に教えて頂くのが、一番良い解決方法ですよ」

「忙しそうだけど、いいのかな？」

「大丈夫です。互いに支え合うのが番ですから。こうして無事に身籠もることができたのも、シグルド様のお陰です」

「赤ちゃんできたのもわかるの！」

「はい」

頷いて、ラウラが下腹部に手を置く。

「触ってみますか？」

恐る恐る触ってみるが、ラウラのお腹はぺたんこで妊娠しているとは思えない。

怪訝《けげん》そうな優羽に気付いたのか、ラウラが慌てる。

「申し訳ありません。シグルド様から、優羽様にも魔力の反応があると聞いていたので」

「あんまり強い力じゃないみたいなんだ。でもさ、ラウラは魔力がないんだよね？　シグルドさんから聞いたの？」

「いいえ、ユエでしたら子が宿れば本能でわかりますよ」

また『本能』だ。

ヒートもフェロモンもまだよくわかっていないのに、本能でわかると言われてもますます混乱してしまう。

「……エリクに聞いてみる」

「それがいいですよ」


そう決意して迎えた夜。優羽は身構えてエリクを待ったが、いつの間にかベッドで眠ってしまっていた。テーブルに置いておいたサンドイッチはなくなっていたので、優羽が寝ている間に食べたのだろう。

——ベッドに運んでくれるなら、起こしてくれたらいいのに。……仕方ない、今夜にも話をしよう。

しかしエリクとの対話はなかなか叶《かな》わなかった。

昼夜問わず持ち込まれる書状の山や、絶えず訪れる使者の謁見を受け、エリクは忙殺されている。

本来なら王妃である優羽も立ち会えるらしいが、作法の勉強と王妃の管轄として与えられた領地管理の実績が認められるのが条件だと大臣から通達を受けている。

仕方がないので勉強はしているが、なにしろ全く知識がない状態からの出発なのでそもそも何を勉強すればいいのかわからないから前途多難だ。

そんな理由もあって、番になったにもかかわらず離宮にいたときより側にいる時間は減ってしまった。

「――ごめんね。エリクと会えなくて、寂しいよね」

健康診断で部屋を訪れたシグルドの問いかけに、優羽は頷く。

「……はい」

これまでなら虚勢を張れていたが、もうそんな元気もない。

「これ飲んで、元気出して。記憶を消す薬じゃないから大丈夫だよ」

炭酸飲料のようにシュワシュワと音を立てるピンク色の飲み物をグラスに注ぎ、シグルドが手渡してくれる。

「その様子だと熟睡できてないね？　隈《くま》が酷い。体は健康だけど、睡眠不足で不調になったら元も子もないからね。これは気分を穏やかにする魔術をかけてあるから朝まで爆睡だよ」

「ありがとうございます」

「エリクも優羽君との時間を作るために、集中して政務に取り組んでいるんだ。もう少ししたら落ち着くから」

　優羽がそれを飲み終えると、シグルドは優羽の脈を測ったり見慣れない器具をこめかみに当てたりして、数字を紙に書き込んでいる。

「予想していたより早く、次のヒートが来るね。すぐに巣ごもりの準備をしないと」

「シグルドさんて、そんなこともわかるんですか？」

「魔術師はユエの体調管理も任されてるからね。血流や体温がちょっとでも変化すればすぐわかるよ。で、巣ごもりの場所は決めてある？　希望があれば言ってね。そうだ、巣ごもり中の食事も用意しないとね。王族の巣ごもりは私達と違って長いんだ」

　楽しそうにあれこれメモに書き付けているシグルドに、優羽は意を決して尋ねる。

「それって、あの……子ども……」

「ん？」

　けれどどうしても恥ずかしくて口ごもってしまう。

「な、なんでもないです！」

「不安なことがあったら、エリクに聞くんだよ。遠慮とかしなくていいんだからね」

　ラウラもわからないことはシグルドから教えてもらったと言っていた。きっとエリクも、優羽が聞けば誠実に答えてくれるだろう。

　――でも、今更過ぎるし。

悩む優羽がため息を零《こぼ》す。シグルドの兎耳が反応したが、優羽が気付くことはなかった。

優羽に強いヒートの兆候が出たと連絡があったのは、午後の政務の最中だった。

「暫《しばら》くお前達に任せることになるが、よろしく頼む」

「畏《かしこ》まりました」

「陛下《へいか》と王妃様に、神の祝福があらんことを」

集まっていた貴族や大臣達が、口々にエリクを言祝《ことほ》ぐ。この国の未来の為というだけでなく、誰しもが二人にはもっと幸せになってほしいと思っている。

シグルドと共にまず夫婦の私室に、優羽を迎えに行く。丁度身支度《みじたく》を整え終わった所だったので、エリクは不安げに見上げてくる愛しい番を抱き上げて、巣ごもり用に作らせた部屋へと向かった。

「結界を張るから、二人はゆっくり過ごしてね」

扉の前でシグルドが立ち止まり、呪文を唱える。するとあの透明な壁が出現した。

「では入ろうか、優羽」

腕の中の優羽は頷くだけで言葉を発しない。体は熱を帯び、甘いフェロモンが滲《にじ》み出している。ヒートが辛いのかと思ったが、呼吸は安定しており落ち着いた様子だ。

――シグルドとラウラが気にかかることがあると言っていたが。このことか。

特別にしつらえられた巣ごもり用の室内には、美しい花が飾られベッドの側にはパイやケーキなどが並ぶ。

「美味《おい》しそう」

興味をそそられたのか、優羽が嬉しそうにそれらを見つめた。

「新鮮なままで保存される魔術がかけてある。この部屋では、ベッドで食事をしても女官に怒られることはないよ」

「わあ！　……その、こんな時に言うのも変だってわかってるけど」

一瞬普段の元気な優羽に戻ったが、すぐに夜着の胸元を握りしめて俯《うつむ》く。

「これから子作り、するんだよね？　エリクは王様だから跡継ぎが必要だって、頭ではわかってるんだけど」

「怖いのだろう？」

優羽を腕の中に抱き込み、その黒い瞳を覗き込む。浮かんでいるのは、不安と恐怖だ。

「己の体に、新たな命を宿すのだ。非常に尊い行為であると同時に、恐ろしいと思ってしまうのも仕方ない。未知の行為は、誰でも恐ろしい」

「エリク……」

「優羽の抱える不安と、恐怖。そしてその先にある幸福を、私は分かち合いたい」

エリクは優羽の両手を握ったまま、その場に跪《ひざまず》く。

「神はユエを愛し大切にせよと仰《おっしゃ》った。勿論そう思う。だが神に言われずとも、私は心から君を愛している。ただどうしても今はその時ではないと君が思うのなら、子作りにならないよう節制しよう」

細い指に唇を寄せて、愛を誓う。鏡越しに、ずっと見守ってきた運命の番。

こうして番になれたことは、奇跡なのだ。

「エリク、僕は貴方の子を産むよ。だから一つだけ約束してほしい……ずっと側にいてね」

「決して離れはしないと、この命に誓う」

優羽もエリクと視線を合わせるように膝をつく。そして二人は、夕日の差し込む部屋の中で、唇を重ねた。


ベッドに下ろされたときには、もう優羽の後孔は痙攣《けいれん》し蜜を腿に滴らせていた。愛撫《あいぶ》がなくともエリクを受け入れる準備が整っていると、自分でもわかってしまう。

そしてエリクも優羽の痴態を前にして、すぐに服を脱ぎ捨てると硬く反りかえった性器を後孔に宛がった。

「っふぁ……ッ？　まって、エリク……」

「どうした？　辛いのか、優羽？」

「ちがくて……はずかしい、から……見ないで」

「すまない、それはできないよ優羽。愛らしい君を見ずにはいられない」

「あっ」

蜜で濡れる肉襞《にくひだ》をかき分けて、性器が挿《はい》ってくる。長大なそれはあっさりと優羽の弱い部分に到達し、甘く責め立てた。

「奥が……トンってされると、その……へんなかんじで。でも、痛くはないから……やめないで……」

「それなら、ゆっくりと触れ合わせるのはどうだろう？」

「触れ合わせる？　っひ、ッ」

敏感な奥に先端が触れて、そのまま円を描くように捏《こ》ねられた。

「あ、あぅ」

「優羽？」

「……じん、て、して……あたま、なか……甘くて、とけそう……っふ」

甘ったるい刺激が、腰から背筋を這《は》い上って、頭の中をかき乱す。

「これ、だめ……はじめての、きちゃう……」

ユエとしての本能が、優羽に体の変化を促している。

「深く呼吸をしなさい。大丈夫だから」

「う、ん……」

内側が蕩《とろ》けて少し擦《こす》られるだけでも全身が粟立《あわだ》ち、甘イキが止まらない。

――これ続いたら、あたまのなかへんになる……っ。……なのに……すきっ。

「えりく、きて」

舌足らずにエリクを誘うと、優羽の中に埋められた性器が更に雄々しく形を変えた。最奥を捏ねられていたと思っていた優羽は、まだ奥へと突き進む勢いのそれに怯《おび》えてしまう。

けれど体は勝手に膝を曲げ、限界まで脚を開いて無防備な姿勢をとった。

「いい子だ、優羽」

「エリク……んっ」

体の一番奥、男性のユエだけが持つその場所がぴくりと震えたのがわかってしまう。

保健の授業でも『ここから先は、番から教わるように』と、教えられることがなかった領域だと優羽は本能で理解する。

初めてエリクを受け入れた時以上の快楽が来ると、優羽は確信した。次の瞬間、下腹部が火照り頭の中が真っ白になる。

「ッ……ん、ぁう……」

――僕の、体……とけちゃう……。

ユエを確実に孕《はら》ませるために特化したソレユの性器が、秘めた場所へと入り込んでくる。

「あ、あっ……ぁ」

喉《のど》を反らし、優羽は鳴き喘《あえ》ぐ。

深い快楽と悦びに、感覚も感情も追いつかない。

「――全て挿ったよ」

頭を撫でられ、優羽は我に返った。

「すごい……エリクの、こんな奥にまで、きてる」

下腹を擦《さす》ると、エリクの形が皮膚越しに感じられて優羽はうっとりと目を細めた。元の世界から戻ってきたとき以来の深い交わりに、優羽はある予感を覚える。

――赤ちゃん、できちゃう。

強く抱きしめられ優羽が達したと同時に、熱い迸《ほとばし》りが大切な場所に容赦なく浴びせられる。完全にエリクの番として準備の整った優羽の体は、その刺激さえ甘い愛撫として受け止め感じてしまう。

「っひ……ぁ……あぅ」

大きな手が優羽の手を包み込み、指を絡めてシーツに押しつけた。

熱を帯びたエリクの瞳は輝きを増し、優羽を見つめている。

――イッてる顔見られてるのに……嬉しい……。

ぼうっとする思考で、優羽は自分の素直な気持ちを彼に伝える。

「もっと、エリクがほしい……子作り、しよ」

「ああ、優羽が孕むまで続けよう」

そして十日後。きっと懐妊している、という確信を胸に、優羽は一層絆《きずな》を深めたエリクと共に巣ごもりの部屋をあとにした。

あとがき

はじめまして、こんにちは高峰あいすです。この度は本を手に取っていただき、ありがとうございました。ルチル文庫様からは二十二冊目の本になります。ありがたいことです。

こうして続けられているのは読者の皆様と、出版に携わってくださった方々のお陰です。ありがとうございます。そして、いつも見守ってくれる家族と友人に感謝します。

担当のH様。勢いで「異世界物にしたい」と言ったのにお付き合いくださり、本当にありがとうございます。

綺麗で可愛いイラストを描いてくださった鈴倉温先生、ありがとうございます。王様エリクが格好いいのは勿論のこと、耳と尻尾！　最高です！　私もモフりたい。

まあモフりは、優羽の特権なのですが……。

さて、最後までお付き合いいただきありがとうございました。少しでも楽しんでもらえたら幸いです。それではまた、ご縁がありましたらお目にかかりましょう。

高峰あいす個人サイト「あいす亭」　http://www.aisutei.com/

ブログ「のんびりあいす」http://aisutei.sblo.jp/　ブログの方が更新多めです。

✦初出　虎王は鏡の国のオメガを渇望する…………書き下ろし
いとしい巣ごもり……………………………書き下ろし

高峰あいす先生、鈴倉温先生へのお便り、本作品に関するご意見、ご感想などは
〒151-0051 東京都渋谷区千駄ヶ谷 4-9-7
幻冬舎コミックス　ルチル文庫「虎王は鏡の国のオメガを渇望する」係まで。

幻冬舎ルチル文庫

虎王は鏡の国のオメガを渇望する

2023年11月20日　　第1刷発行

✦著者	高峰あいす　たかみね あいす
✦発行人	石原正康
✦発行元	株式会社 幻冬舎コミックス 〒151-0051 東京都渋谷区千駄ヶ谷 4-9-7 電話 03(5411)6431［編集］
✦発売元	株式会社 幻冬舎 〒151-0051 東京都渋谷区千駄ヶ谷 4-9-7 電話 03(5411)6222［営業］ 振替 00120-8-767643
✦印刷・製本所	中央精版印刷株式会社

✦検印廃止

ISBN978-4-344-85336-2　C0193　Printed in Japan